小学館文庫

# 死にたい、ですか

村上しいこ



小学館

# プロローグ

津《つ》地方裁判所の駐車場で大同要《だいどうかなめ》は車を降りた。このまま総局に戻るには少し時間があった。

一年中代わり映えしない植え込みを見ながら、北側出入り口から建物に入った。正面の階段を上がり三階へ。301号法廷の扉をそうっと開けた。

要は出入り口近くの席に腰を下ろした。裁判官は一人で、軽微な事件のようだ。弁護人の前の被告人席にじいさんが座っていた。白髪まじりの短髪で小柄、目には力がなく、かといってうなだれもしない。証言台の椅子《いす》に浅く腰を下ろした小柄な女性をぼんやりと見ている。

「じゃあ、あなたはこれからはお兄さんを、きちんと監督できると、ここで約束できますか？」

被告人の弁護士が立ったまま、女性に優しく呼びかける。情状証人なのだろう。

「はい」と女性が頷《うなず》く。事務的だが、しっかりとした口調だ。

そのあとじいさんへの被告人質問が始まった。聴いているとどうやらスーパーマーケットの女子トイレの個室に入り込み、覗《のぞ》きを試みて捕まったようだ。四時間も立てこもっていたようだ。アルコール依存症と軽度の認知症が見受けられる。

兄妹《きょうだい》だからといって本当に看《み》ていくつもりだろうか。

こうした姿を目のあたりにするたび、要はそれぞれの過去を想像して重い気分になる。きっとこの兄妹にも楽しかった日々があったはずだ。昭和二十年くらいの生まれだろう。

泥んこになって走りまわった幼い日。

誕生日には何を贈り合っただろうか。

クリスマスには母親のオルガン演奏に合わせ、きよしこの夜と歌い、ケーキを食べた。

互いの結婚式には拍手し涙を浮かべただろう。

そして年老いた今、こんな日が来るとは考えもしなかっただろう。

過ぎた日の幸福を食いつぶすのが早いか、年老いて惨めな風体を晒《さら》すのが早いか。

「今日こうして妹さんが証言台に立ってくれてますが、もう次はないと思って下さいね。わかりましたか？　二度とこんなことはしないと誓えますか」

検察官の温情を感じさせる問いかけにも、じいさんはぼんやりと答えた。

「わかりません」と。

この老人にとってこれから先、生きることの意味はなんなのだろう。どうやって生きるのだろう。いずれ妹に見捨てられる日が来るかもしれない。そのとき、誰がこの人の人生を引っ張っていくのか。

ここまでくると、裁判がまるでシュールなコントのように見えてくる。

法廷を出て、歩きながら隣の302号法廷の掲示板をちらりと見た。わら半紙に印刷された文字が目に刺さるように入ってきて要は足を止めた。

(ああ、この名前は確か)

デスクの坂上《さかがみ》からまわってきたメールにあった名前だった。

損害賠償請求事件。

原告・人見伊代《ひとみいよ》。

代理人・一木修《いちきおさむ》。

息子、典洋《のりひろ》のいじめ自殺裁判を記事にして欲しいという内容だった。メールの差出人名は、母親の人見伊代であった。

すでに今日の審理は終わっていた。

# 1

黄色い蝶《ちょう》が舞った。

蝶は校舎の三階から見下ろす自転車置き場の屋根にとまったあと、春休みのあいだにペパーミントグリーンに塗り直された金網を越えて、高校の敷地から外へ出た。車線もない細い道路の向こうに、鈴《すず》の守神《かみ》社の杜《もり》がゆったりと広がっている。松や椎《しい》、欅《けやき》や檜《ひのき》が雑木林と混ざり合って、社へ続く斜面を覆っている。ここからは本殿はもとより、階段も見えない。

蝶は道を渡ろうかどうしようか迷っているようだった。

人見由愛《ゆあ》にはそれが、兄の魂の化身にも見えた。

「お兄ちゃん。お母さん、また言い出したよ。どうしよう」

気づくと独り言のように話しかけていた。

兄の典洋はこの神社のどこかで、四年前に首を吊《つ》って死んだ。この高校ではない別の高校に通っていた。

　なのにわざわざこの杜で。こんなに穏やかな杜で。

「何一人で、ウレイてんの？」

　振り返ると、トイレから戻ってきた後藤三葉《ごとうみつは》が、制服のポケットにリップクリームをしまっていた。

「ほら、あれ、黄色」

　ようやく道を渡って葉の上にとまった蝶を、由愛は指さした。

「黄色、好きだねえ」

「うん。私のラッキーカラーだからね」

　理由も、いつからなのかもわからないが、由愛は黄色が好きだった。

「お兄ちゃんのことをね、考えてた」

　三葉になら話してもいいだろう。

「お母さんが久し振りに部屋から出てきて化粧とか始めたと思ったら、また言い出したの」

「裁判のこと？」

「うん」

「やっぱりやるんだ」

「もう始めちゃった」

「そうか、つらいね。そっとしておいて欲しかったんだよね」

三葉が悲しそうな息を吐く。とたんに自己嫌悪の波が、足もとを濡《ぬ》らす。やっぱり言うんじゃなかった。

「ごめん。三葉には関係ないことなのに。幼なじみだからって甘えて」

「私は大丈夫だよ。ハートは強いから。ま、そうじゃないと演劇部はつとまんないから。そういえば昨日のストーカー、大丈夫だった？」

学校の帰り道、由愛の家の前で、男が電話をしながら、待ち伏せするように立っていた。電話するふりをしているだけのようにも見えた。

「由愛、あいつ、変だよ」

自転車で並走していた三葉が、警戒心をあらわにして言った。由愛の家の塀にもたれた姿勢が、いかにも不自然で、通り過ぎたほうがいいよと三葉に言われ、そのまま家と男の前を通り過ぎた。

そのあと三葉の部屋に落ち着いて、相談した。由愛は母親に電話をしたが、話し中でつながらなかった。

「警察に電話してみる？　あ、もしかしてあの人が刑事だったりして」

「なんで、うちの家が見張られなきゃいけないのよ」

三葉の言葉を軽く流す。

「じゃあ、ストーカーだね」

「身に覚えないし」

「ストーカーって、そういうもんでしょ」

「それにしては目立ちすぎでしょ」

インスタントコーヒーで作ったカフェオレを飲みながら話していた。着信履歴を見ただろうに、母親からの連絡はなかった。もう一度電話をして由愛が理由を話すと、玄関の外まで確かめに出たようだ。

面倒臭そうに誰もいないと言われ、由愛は緊張しながら、無事家に着いたのだ。

「気のせいだったみたい。サラリーマンの営業の人が、たまたまあの場所で、電話してたんだよ」

日は暮れかかっていたが、表情からは目的を持って行動しているように見えた。

黒っぽいズボンと白いカッターシャツという、おしゃれのかけらも感じられない服装だった。短くも長くもない髪は就活に疲れた大学生のようでもあった。そういえば目は細く、ほとんどなかった気がする。

足もとの黒いリュックは何が入っていたのか、けっこう膨らんでいた。


「あっちのストーカーは、大丈夫なの？」

三葉が市内の南のほうを顎で示す。二人がアルバイトをしている居酒屋だ。

「うーん。あの人正直ちょっと怖い。バイトも変えようか考えてる」

「辞めるときは教えてよ。私も」

「わかった」

話しているうちに黄色い蝶は、草むらに身を隠したのか見えなくなった。

2

松阪《まつさか》市内のコーヒー店の禁煙席で、大同要は中年女性と向かい合って座っていた。

久し振りに化粧をしたような顔は、口紅の赤が妙に際立っていた。顎が尖《とが》って、華奢《きゃしゃ》な体を、より細く見せた。朝の九時過ぎだというのに、女性は生クリームたっぷりのパンケーキを注文した。

　まわりには、老人夫婦がモーニングを食べに来ていたり、子どものお見送りを終えたお母さんたちが、噂話《うわさばなし》に興じる姿があった。

「男性なのに、ホットココアを頼むなんてかわいいのね。おいくつ？」

　アイスコーヒーで最後のひと口を飲みくだし、人見伊代と名乗る女性が言った。ホットココアに性別が関係あるのか。

「年は二十八です。コーヒーを飲むと、すぐお腹《なか》が緩くなってしまうもので」

　要は答えるとノートを開いた。伊代がさっき渡した名刺を手元に置く。伊代は主婦だと言った。

「昨日は別件の取材で遅くなってすいませんでした。家の前までは行ったのですが」

「そうね。あの電話のあとで娘の由愛が帰ってきたから、会わないほうがよかったかも。娘は裁判には反対みたいだから」

「反対？」

　思わずペンを持つ手から力が抜ける。

「お兄ちゃんのことでゴタゴタするのは、もううんざりなんでしょうね」

「ああ……」

「典洋のことを、大同さんはご存じなんですか？」

「ご存じとは？」

「あの子が、その、つまり、亡くなったとき、大同さんはこちらには……」

伊代は四年経《た》った今も、息子の死を上手《うま》く言い表せずにいる。彼女の中で時間は止まったままということだろう。

「典洋さんが亡くなった年に、僕は新聞社に就職して二年目で、研修のあと広島に配属されていました。典洋さんのことは、人見さんから先日メールを頂いてデータベースで調べてみました」

「そんなもんなんですね。新聞記者なのに、新聞も読んでいない。全国紙に載ったはずなのに」

見下したような声色に聞こえた。要はあえて言い返さず、冷静を装った。調べた限りでは、地方紙の地域面に小さなスペースで、自殺があったと報じられていただけだった。

「人見さんにまず伝えておかなくてはいけないのですが、取材はさせて頂きますが、記事になるかどうかは、デスクの判断を仰ぐことになります」

「デスク？」

「上司です。僕たち新聞記者が集めた記事を、デスクと呼ばれる人が取捨選択するわけです。監督というか司令塔というか」

「そうなんですか」

「ちなみに新聞社の建物は総局と呼んでいます」

「あなたの意思は紙面に反映されないということね」

要の話に興味はないようだ。伊代の声が沈んだトーンになった。

「当時の記事です。内容はこれで合っていますか？」

要がコピーしてきた紙を伊代の前に置こうとすると、「ちょっとあなた、これ片付けてよ」と、彼女は険しい声で店員を呼んだ。

――鈴の守神社で高校一年生の人見典洋さんが首を吊って死んでいた。目立った外傷もなく自殺とみられる。学校は三学期の学年末テストの初日で、朝、人見さんは家族に、「テスト勉強のため早く行く」と言って家を出た。――

伊代は初めて見る記事のようにじっくりと目を這《は》わした。

数日後の紙面に、さらに小さく「いじめはなかった」と、学校が発表したと出ていた。その部分については、コピーしてこなかった。伊代はいじめがあったと思うからこそ、裁判へと踏み切ったのだから。

「あの子は、殺されたんです」

伊代が震える声で言う。

「記事にして頂いて、被害者の苦しみを少しでも知ってもらいたいのです」

要はすーっと気持ちが冷めていくのを感じた。これほど親に愛されていながら自殺するなんて、いい身分だ。

「殺されたというのは……」

学校の発表以降、人見典洋の記事がまったく見当たらず、昨日デスクに確認をした。その後警察や教育委員会からの発表もなく、当時担当の女性記者が産休に入ったこともあり、こちらから積極的に取材する必要もないとの判断だったらしい。担当した記者が把握する限り、いじめの話も出ていなかった。

総局といっても、県内を八名の記者で網羅しなくてはならない。三重県は南北に長く、警察や県庁に張り付いている者は、あまり遠出はできない。それ以外の記者はそれこそ宅配便業者のように北へ南へ走りまわらねばならない。ひとつの事件事故の顛末《てんまつ》を、いつまでも追い続けるわけにはいかないのが現実だ。

「典洋は、いじめられて、自殺に追い込まれたのです」

「そう考える理由は？」

「それは、次回の審理で明らかにします。証人尋問です。こちらの弁護士がいろいろと聞き取りをしてくれましたから」

「ということは、書証の証拠調べはもう終わったのですね」

「はい。証拠といっても、そうたいしたものはありませんでしたが。携帯電話に残されてた遺書とラインのやりとりです。肝心の聞き取り調査は」

伊代は言葉に詰まり、テーブルを睨《にら》みつけた。

「遺書があったんですか。よろしければ内容を教えてもらえませんか」

「この苦しみから自由になりたい、とありました。ラインでは何名かの同級生とのやりとりで、『死んでくれ』とか、『消えろ』とか、『生きてる価値ない』とか書かれてました」

「四年前には、それについて学校は、何か言ってなかったんですか？」

「生徒間ではよくあることだと。小さなトラブルはあったかもしれないが、いじめというほどではないし、それをいじめだと言ってしまうとかえって精神的に強い人間には育たないと……それに、生徒たちすべての行動について教師や学校が関知することは、物理的に不可能だとも」

それはある意味正論だ。いじめだけではない。新潟県内で行方不明になった中学生の少女が、三重県内に住む男性のアパートで発見されることもあった。罪としてはもちろん未成年者誘拐だが、主体的に動いているのは少女のほうだったりする。情報社会に置いてきぼりになっているのは大人たちで、学校や親たちの目の届かないところで子どもたちがどんな事件に巻き込まれるか予測できない。

要はノートに書きとめながら、デスクの坂上がどう反応するか頭を巡らせた。若い頃は随分と血の気が多かったようだが、今は燃え尽きた灰のようだ。二度の離婚歴があり、大阪にいる奥さんが三人目だという。今の坂上にまだ静かに燃えるものが残っているだろうか。少しでも感情的な記事を書いて送信すると、すぐに書き直しの指示が来る。

「次の審理には、いじめた当人たちが出廷します。ですから是非来て欲しいんです。お願いします」

伊代が頭をテーブルにつけた。

ついさっき幸せそうにパンケーキを頬張っていた女性とは思えない。あまりの違いに要は戸惑った。同時に、安請け合いしてはいけないと計算が働いた。

「お気持ちはわかりますが、正直に言いますと、いじめがあったかなかったか的な話は、もう四年も前になりますし、記事としてはどうかなと思います。取り上げるとすれば、人見さん家族としては闘いは終わっていないし、過去のこととして忘れ去られてはいけないと、そうした切り口なら可能性としては高いと思います」

「ありがとうございます。典洋が生きていた証《あかし》を、是非」

伊代に手を握られドキリと心臓が跳ねた。嫌な記憶が戻り息苦しくなる。人からふいに触れられるのはやはり苦手だ。周囲の目も気になりすっと手を引く。

「さっきお嬢さんはこの裁判に反対だとおっしゃいましたが、どういう理由で？」

「典洋が亡くなったとき、あの子は中学一年生でしたから。それなりに嫌な思いをしたんでしょうね」

「いじめられたとか？」

「それは聞いたことがないです。仲のいい友だちもいましたし。中学では合唱部に所属していました」

「今は？」

「今は何も。もう高校三年生になるし、娘のことは気にしてもらわなくていいです」

要は指を折って娘の年を数えながら、伊代の息子への執着心と娘に対する淡泊な反応の差に違和感を覚えた。

「あのぅ、それからご主人はどのように？」

まったく彼女からその存在感が漂ってこなかった。単身赴任で離れた場所にいるのかと思いさり気なく尋ねた。

「夫は仕事が忙しくて、この件にはノータッチというか……息子のことはもう忘れたいのでしょう」

要の心の中で記事にしたいという思いが萎えかけた。妹はともかく、ここは最低でも両親そろって息子が自殺に追い詰められた無念さを訴えて欲しかった。でなければ記事としての訴求力に欠けるだろう。読者を説得できない。

「どういう仕事をされているのですか？　さしつかえなければ」

「遊技場で飲食店を展開する会社です。サンショクフーズといって、イベントもやっていたり……。今は人事ですかね。新人の教育や、新店舗の立ち上げとか」

「ああ、僕もときどきお世話になってるかも」

「そ、そうですか。私はそういう場所には行かないんで」

「僕も利用するのは食堂だけです。それで、裁判には賛成されているんですか？」

「それは、任せると。たぶん裁判には来ると思います。たぶんですけど。それで、あの」

伊代が強い視線を要に向けた。

「もしも裁判に負けたら、典洋のことは記事にならないのでしょうか」

「可能性としてはそうです」

要は正直に答えた。もし記事にするとしても、今度は学校側の視点で書くことになるだろう。それこそ人見伊代の本意ではないはずだ。

「そんな……」

大きく溜息《ためいき》をつくと伊代は、水が入ったグラスを持った。白い喉がこくりと鳴った。要もつられて飲むと、レモンの香りがかすかに漂う。

「人をいじめて死に追いやって、それでも知らん顔で通ってしまう社会ってどうなんですか。学校へ行っても門前払いでした。教育委員会も個々のトラブルは学校に任せてあるって取り合ってくれなかった。悪質な場合は報告を受けるが、今のところ聞いてないって。マスコミが取り上げてようやく第三者委員会なんてお粗末なものを立ち上げて、最後にはいじめはあったが、本人の死との関連性は不明とか」

「……あのぅ、それは人見さんのときのことですか？」

要が話を遮った。ヒートアップして伊代の話が見えにくい。第三者委員会など聞いてもいなかった。

「うちのときは、あの子が死んだあと、学校内で調査はあったみたいです。ところが私どもに知らされたのは、A4のコピー用紙にたった三行、慎重に聞き取りを行いましたが、生徒たちからいじめを思わせる内容はございませんでした。典洋君のご冥福をお祈りします、とそれだけです。あと退学手続きの用紙と。退学理由の欄には、学業不振・病気・けが・死亡・経済的理由とありました。私は苦しくて、死亡の欄にまるができずに、そのまま送り返しました。すると学校から電話があり、事務員の女性の声で、死亡にまるをしておきましたからって。ふざけてますよね。悔しくて、腹立たしくて学校へ行きました。加害者の生徒に会わせて欲しいと。そうしたら事務室で門前払いでした。何を聞いても、生徒の個人情報は明らかにできないと。犯人たちは、学校が全力で守ってくれるんです。大同さんは、どうして私が裁判を始めたと思っていますか？」

「どうして……」

思わず、正義のためにという言葉が頭に浮かんだ。口には出さず黙っていると伊代が続けた。

「世間では、金目当てだと言うでしょうね。でもね、裁判でもしなければ、誰一人として私たちの前に姿を見せないんです。典洋の携帯電話に名前が残っていても、相手の顔を見ることも、問いかけることもできないんです。ああ、一人だけ、翔《しょう》君だけは一度謝りに来てくれました」

「ショウ君？」

「神田《かんだ》翔。こういう字です」

伊代の細い指がテーブルの上で木目をなぞった。

「中学からの友だちでした。典洋も翔君も陸上をしていました。けれど翔君は高校では野球部へ入って、それからいじめに荷担するようになったようです」

「一人で謝罪に来たということですか？」

「そうです。身内だけで葬儀をすませたあと、二、三日してからでしょうか、仏壇の前で線香をあげて、手を合わせていました」

「彼は、はっきりと謝罪したんですか？」

「そのときは、あまり……お互いに言葉を失っていたというか、もう少し時間が経っていればきちんと聞けたかもしれません。翔君にしても呆然《ぼうぜん》として感情がどこかで堰《せ》き止められているようでした」

「じゃあ、翔君は訴えないのですね」

「そんなわけないでしょ」

要の問いかけに激しく首を振る。訴えないなら、翔君という子に取材ができるかと思ったが無理なようだ。

「典洋君の友人で、誰か話を聞ける人っていますかね」

「裁判で代理人をお願いした、一木という弁護士の先生に聞いて頂いたら、探してくれるかもわかりません。私のほうから一度頼んでみます」

伊代は言うが、弁護士は教えないだろう。

要はなんとか自分の気持ちを盛り上げようとするが、その都度逆の力で引っ張られてしまう。自分の足で稼げる情報が何もない。これが風化ということなのだろうか。

腕時計を見た。このあとは大台町《おおだい》の道の駅で、鹿肉を使った新メニューの取材をすることになっている。食堂メニューが充実して、地元の大内山《おおうちやま》牛乳で作ったソフトクリームが絶品だ。先週も桜井美奈《さくらいみな》とドライブをした。まさかの別れ話になってしまったが。

前向きに検討すると、要は自分でも嫌な言葉を残し席を立った。ホットココアのぶんも伊代がどうしてもと支払う。

「ごちそうさまです」と礼を言うと、「そうだ、あなたもう少し太ったほうがいいわよ」と伊代が笑った。

「太れない体質なんで」

「典洋と同じだわ」

伊代の目はすべてのものを、典洋という偏光フィルターを通して見ているようだった。

3

無国籍居酒屋「ニンジャ」の厨房《ちゅうぼう》は、一日のうちで最ものどかな時間帯だった。アルバイトが一人、また一人とやってくる。大学生もいれば高校生もいる。開店時間は午後五時だが、まだフロアに客の姿はない。

大学生のメインの仕事は調理補助で、由愛や三葉の高校生グループは、主に接客だ。ピンク、水色、黄色と忍者失格なくらい目立つ制服だ。「承りました」の代わりに「ニンニン」と微笑《ほほえ》む。三葉はピンク。由愛はもちろん黄色の制服を選んだ。

由愛と三葉は厨房に「おはようございます」と挨拶《あいさつ》をしたあと、のれんをかきわけフロアに出た。

とたんに調理場から、達也《たつや》の怒鳴り声がフロアにまで響いた。

「誰が勝手に食っていいと言った！」

達也は揚げ物担当の調理師だ。

由愛は三葉と顔を見合わせた。三葉がオーダー用のハンディターミナルを持ち上げ、軽く振った。気をつけようねと言っているのだろう。

「食うならさっさと食え！」

また怒鳴っている。

この店のいいところは、賄い付きであるというところだ。二百円出せば、なんでも自由に食べられる。アルバイトのシフトがない日でも、店に来て食べる学生もいる。慣れてくると、自分で勝手にフライヤーに材料を放り込んで食べている。在庫が少ない商品を食べようとしていたのだろう。達也の怒りのボタンを押してしまったみたいだ。

次第に席が埋まり出し、フロアが忙しくなってきた。また厨房が騒がしい。

お刺身や酢の物担当の店長が、あたふたとフロアに現れた。

「由愛ちゃん、フォローまわって。揚場」

達也だ。由愛が「あとよろしく」と三葉に告げると「つらいね」と返ってきた。

達也は感情の起伏が激しい。それを格好いいだろうと、周囲に見せつけているフシもある。そして由愛に対しては気持ちが悪いほどベタベタしてくる。

のれんをくぐり、由愛が大学生に代わって揚場に入る。大学生がぺこぺこ頭を下げながら離れる。今度はフライヤーに入れる順番を間違えて叱られていたようだ。

店長はあまり達也に絡みたがらない。そして由愛がそばにさえいれば、達也の機嫌がいいと思っている。

フライヤーから、かすかに湯気が立っていた。放り込みすぎだ。達也の様子がどこかおかしい。

とりあえず無言で、由愛はオーダーのチェックと皿の並びを確認する。

三葉がのれんから顔を覗かせた。

「九番テーブル、先に何か出してもらえるかな。なんにも出てないから睨まれて」

そのつらさは由愛も経験済みだ。

「達也さん、串カツセット、先に九番に出してもらえる？」

同じ品を提供する場合、席が近いと、順番にうるさい客からクレームがあるが、もう一件は十四番。すでに幾品かテーブルに並んでいる。お願いねと三葉が姿を消した。何も答えない達也に、由愛までイラッとした。

「いいんだよね……達也さん」

由愛が仕方なく聞いた。

「勝手なことすんなよ」

「えっ？　だから今、三葉が」

「順番をくるわせんな」

威嚇するような目に由愛は息を呑《の》む。いつもなら、たとえ機嫌が悪くても、「ああ」とぶっきらぼうに答えるくらいだった。どうしたのだろう。さっきの大学生への苛立《いらだ》ちをまだ引きずっているにしてもおかしい。

由愛はぼんやりとした異変を感じながら、レタスを敷いたお皿にレモンと塩を置く。串カツをのせ受け渡し口に持っていくと、三葉が待ち構えていた。

「サンキュ」

「ごめん。十四番の」

「えっ、どうして？」

「わかんない。順番くるわせんなって」

三葉は詳しく理由を聞きたそうな顔をしたが、それ以上会話を交わす時間もなく、由愛は揚場のフォローに戻った。

「あと、オーダーは？」

達也がようやく九番テーブルの串カツを油に泳がせた。

「ピーマン肉詰め二つ、キス大葉巻き三つ、串カツセット三つ、あ、五つだ。あとカマンベールフライ一つ」

言いながら由愛は、盛り付け台で皿のセットにかかる。ステンレス製のバット容器を持って、達也は小走りに冷凍庫へ向かった。当然のことらしいが、最も熱を放つフライヤーから冷凍庫はいちばん遠い場所に据えられている。

店の裏にはさらに大きな三畳間ほどの冷凍庫がある。由愛が達也からしつこく誘われるのも、決まってその場所だった。嫌なのだが、在庫チェックを手伝ってくれと言われると、なかなか断れない。

店が落ち着いた頃、店長からホールへ戻って欲しいと指示が出た。

由愛が盛り付け台を拭こうとした布巾を、達也が取った。さっきはごめんとでも言うのかと思ったが、違った。

「あのさ。おまえ兄弟いないって、言ってたよな」

達也の目は険しいままだった。いつものしつこいストーカーの目も困惑するが、この目も嫌だ。

「はい。いませんけど。なんでですか？」

「いや、別に」

達也が早く行けと、手の甲で追い払う仕草をした。首をかしげたまま、のれんをくぐってフロアに出る。三葉が同じ花に群がる昆虫みたいにすぐそばに来て、「お疲れ」と声をかけてくる。ホールチーフの刈谷《かりや》さんが、「ちょっとゆっくりしてていいよ」と気遣ってくれる。本心かどうか当てにならない。適当に放った言葉に安易に甘えてはいけない。すぐ実弾となってこちらに撃ち返される。「ありがとうございます」と返して、ホールを一周する。小、中学校でそれなりにいじめの渦に身を沈めたものなら、同性に決して隙《すき》は見せない。

「九番と、十五番のお酒がとまりました。お茶を勧めてきましょうか？」

「そうね。あ、由愛ちゃん、お茶、温かいのか冷たいのか聞いてきて」

「はい」

二つのテーブルにお茶を出し時計を見た。九時をまわっていた。バイトはあと一時間。

「いらっしゃいませ」

二十歳くらいの男性一人だ。カウンターを案内するか座敷にすべきか迷った。男が奥を指さす。

「どうぞ、座敷が空いてますから」

おしぼりを持って由愛が笑顔で近づく。男の顔に見覚えがあった。脳内によみがえって仕事を忘れそうになる。声をかけようかどうしようか迷っていると、男のほうから、「あれっ？　由愛ちゃんだよね」と話しかけてきた。

「あ、はい」

「俺、翔だよ。神田翔」

「はー、ですよね。お久し振りです」

軽く流しながら本当は、どう見られているか気になった。心臓が校舎を一気に三階まで駆け上がったように弾んだ。

初めて翔と出会ったのは、由愛が小学四年生のときだ。中学一年の兄が、クラスメイトで、同じ陸上部だと家に連れてきた。それからも何度か遊びに来て、夕飯を家族と食べたこともある。

中二の頃から茶髪だった翔は、小学生だった由愛の恋愛観を大きく変えた。翔が家に来ると、用事を作っては顔を見に行った。バレンタインデーに友だちが、一生懸命クラスの男子に手作りチョコを贈っても、由愛は好きな子なんていないと冷めた目で見ていた。小学生なんか相手にするなんてガキだ。かといって、自分から翔にアプローチする方法もわからず、いつしか家に遊びに来なくなったことで、由愛の淡い初恋は自然消滅した。

中三の秋、出場した県大会で翔は百メートル走に出場していたが、その決勝を見たのが最後だった。県大会で一度だけ入賞した兄と比べ、全国大会出場こそ叶《かな》わなかったが、翔はいつもファイナリストの八名に残っていた。

典洋が自殺をしたあと、一度だけ家に来たことがある。仏間に通された翔の気配だけを、由愛はリビングで息をひそめ手繰り寄せようとしていた。

「私のこと、よく気がつきましたね」

「変わんないから」

「それはないですよ。あの頃私、小学生だったんですよ」

「名札見たし」

翔は今もさらさらの茶髪だ。金髪だって似合いそうな彫りの深い顔は、当時から際立っていた。

今どこで何をしているのか、あれもこれも聞きたい気持ちを抑えてオーダーを取った。

そのあと何度か、ドリンクや注文の品を持ってテーブルを行き来した。

由愛の様子がおかしいと感づいた三葉が、「誰？　どういう関係？」と、しつこく聞いた。

「えへっ。幼なじみ的な」

もっと格好つけて、運命的な関係とでも言ってみたかった。

由愛も翔も、お互い典洋のことには触れなかった。もう翔の中でも典洋は忘れ去られた存在なのか。由愛と翔を結びつける数少ない記憶だけど、ここで話せることでもない。

由愛がテーブルを離れようとしたそのときだ。翔が呼び止めた。

「ねえ、由愛ちゃん。この店に、切羽《きりは》達也っているでしょ」

「えっ？　あ、いますけど」

「もし手が空いたら、呼んで欲しいんだけど」

「はい。わかりました」

友だちなのだろうか。明るかった由愛の気持ちにふと影が差した。

厨房を覗くと達也の姿はなく、店長が男子アルバイトと雑談に興じていた。きっと達也は裏の冷凍庫で在庫チェックだ。

ホールに戻ったが、三葉もいなかった。仕方なく小走りで厨房を抜け、裏に出た。

「だからさ、迷惑だって言ってんの」

三葉の声だ。

「おまえには関係ねえだろ」

「由愛とは、親友だから」

冷凍庫の前で三葉と達也が言い争っていた。

「三葉……」

「あ、由愛」

三葉が無理に口角を上げた。

「てつだってもらってた。在庫チェック」

尋ねてもないのに、達也が背中を向け、もう一枚のドアを開けた。とたんに、ブーンという機械音と冷気が生臭い臭いと一緒に流れ出す。

正面のダンボール箱をいくつか引っ張り出し、奥に詰めてある商品を覗き込む。

「神田翔って人が来てる。十六番」

由愛は達也の背中に投げかけた。

「三葉、行こうよ。店長が呼んでた」

それは嘘《うそ》だったが、由愛は三葉と裏口へ駆けた。

# 4

朝夕《あさゆう》新聞・津総局の建物は一階が駐車場で二階が事務所になっている。車をとめ、大同要は階段を上がった。ビルは三階まであって、そこは寝泊まりと休憩用のスペースになっている。

二階のドアを開けると、遅番の記者がノートパソコンから顔を上げ、お疲れと声をかけてきた。時計を見ると、午後九時を過ぎていた。

机の上を簡単に片付けていると、デスクの坂上が、「晩飯、食いに行こうか。まだだろう」と要を誘った。「明日早番なので」と、断りかけたが、「代わってやるよ」と言われ簡単に折れてしまった。もっとも今から帰って早く寝るわけもなく、コンビニ弁当を片手にゲームに耽《ふけ》るだけだ。

早番は、朝七時に出社して、各社の紙面をチェックする。そしてスクープ記事はもちろん、自分たちが把握していない記事を見つけたら、すぐに関係する記者に連絡を入れる。地方紙はスクープ記事が少ないだけに、抜かれたときのショックは大きい。

帰りは代行を頼もうと言う坂上の車に、要は乗った。

ニンジャという名の無国籍居酒屋で車を降りた。カウンターが見える入り口近くの席に、靴を脱いで上がった。

「こんな店にしか連れてこられなくてすまんな」

「いや、そんな」

掘りごたつに足を突っ込み、顔を上げたとたん、黄色の忍者服を着た女性店員が立っていた。

「とりあえず生中二つ」

坂上が節くれ立った指を二本立てる。店員は、承知しましたニンニンと首を傾け、手にした機械を操作する。坂上はこんな店で癒やされているのかと思うと、要は少しいじらしく思った。

ビールが来ると、外回りでもないくせに、坂上は半分ほどを一気に旨《うま》そうに飲んだ。羨ましい。要は学生の頃から、おいしくなさそうにお酒を飲むと言われてきた。食べるのもそうだ。いつも遠慮しているみたいだと。理由はわかっているが仕方ない。

「どうだ最近は」

幾品かオーダーを通すと、坂上が曖昧に質問した。まだ上司としての表情を崩さない。ああ、そういうことかと、要は了解した。

地方とはいえ、記者は八人いる。個別に会って、コミュニケーションを図ろうということだろう。先月も職場でのパワハラ・マタハラ防止のパンフレットがまわってきていた。坂上から特に話はなく、「読んでおいて」と配っただけだ。詳しく口にはしないが、坂上自身も徳島県で勤務していたとき、処分をくらったそうだ。定年間近に、東京でも大阪でもなく、こんな地方でデスクをやっているのはそれも関係あるのだろうと、要は思っていた。

「どうだ、取材をやっている中で、何かやりにくいことはあるかな？」

「いや、特には……ああ、このあいだ吉野《よしの》先輩が何も言ってくれないんで、取材がダブルブッキングして……」

「ああ、吉野君な。あいつは仕方ねーよ。言っても直さないし。お、来た来た」

坂上は投げやりに言うと、運ばれてきた豆あじの南蛮漬けを真ん中に置いた。

要は黄色い忍者服の店員が気になり、目で追っていた。さっきと同じ子だ。

「おっ、気に入ったのか。けど、気をつけたほうがいいぞ。まだ高校生じゃないのかな」

坂上がにやけながら若い声を出した。

「いや、あの名札がちょっと」

名字だけだが、この店は店員が皆、名札をつけていた。そしてテーブル脇のアンケート用紙に、接客がよかった店員の名を書く欄があった。

彼女の名札に、「人見」とあったのが要にはひっかかった。昼間会った人見伊代の面影がどことなくあった。

「今日取材した人の、娘さんかなと思って」

「うん？　どの件」

「あのぅ、ほら」

要は周囲に気を配りながら、四年前自殺した息子の裁判を記事にして欲しいとメールしてきた女性に会ったことを告げた。

「そうだったな。で、カタチにできそうか？」

「それはちょっと、微妙ですね」

「どうして」

「訴訟自体が、ほら、よくいう、正義のための訴訟みたいな感じで。しかも問題が、セクシャルマイノリティとかヘイトスピーチとか社会的な要素を大きく含んでいればいいのですが、あくまでいじめたかいじめてないかの次元なんで」

「しかし、いじめは社会的な問題なんじゃないのか」

「基本的にはそうですけど、いじめの根っこにあるのは、意識を変えてどうこうなる問題じゃないですから。意識を変えても、構造が変わらなきゃ同じでしょ。雑草みたいに、いや、悪性の腫瘍《しゅよう》みたいに防ぐ術《すべ》がありませんよ。ほらいつも、未来への可能性を感じさせる記事を書けって、デスクがおっしゃってるじゃないですか」

「未来はないか」

「はい。教育の構造が変わらない限り。ただ、個人的には、興味があります」

「ほう」

「なんで死ぬのか。今日、母親から話を聞いた限りでは、とても息子のことを思いやっていました。相談する相手がいるなんて、それだけで贅沢《ぜいたく》でしょ。それとも親は相談相手にはならないのですかね」

「親だから相談できないってのもあるだろう。裁判は勝ち目がないってことか」

「そこまでは僕にはわからないです。裁判ですから」

要が言ったとたん、そばで「あっ！」と声がして、見たときには座敷に唐揚げが転がっていた。何かの拍子に店員がバランスを崩し、運んできた皿から転げ落ちたようだ。

「すみません。すぐに作り直します」

人見と名札をつけた店員は慌てて唐揚げを拾い集め、厨房へ消えた。しばらくすると、突然厨房から激しく皿の割れる音がした。落として割れたのではない、明らかに投げつけたような。そして、怒鳴り散らす声。誰かさっきの子ではない女性が言い返すような声もした。

要は眉をひそめたが、坂上は何が楽しいのか口を膨らませ笑う。これも坂上の趣味なのか。一流、いや二流の店でも、店のトラブルを客に気づかせるようなことはしない。それにしてもあの子は大丈夫かと気にしていると、要のスマートフォンに着信があった。見ると人見伊代からメールだ。

〈お仕事お疲れ様です。弁護士の先生と連絡が取れました。典洋の同級生と会えないかという件ですが、審理が終わりましたら、先生が掛け合ってくれるそうです〉

こんな時間まで、死んだ息子のことに時間を費やしているとは。要はふと娘のことを聞いてみたくなった。

〈ご配慮ありがとうございます。裁判の審理は傍聴できるように時間を作るつもりでおります。ところで今、ニンジャという居酒屋にいます。人見という店員さんがいるのですが、もしかしてお嬢さんですか？　なんとなく似ているようなので〉

送信すると、要がひと口ジョッキに口をつけているあいだに返事があった。

〈そうです。たぶん〉

冷たい返事だ。

「女か?」と坂上がカラのジョッキを突き出した。

「仕事です。で、さっきの話の続きですが」

要は伊代の娘が周囲にいないか確かめた。もしかして、さっきは裁判の言葉が耳に入って、唐揚げをばらまいてしまったのかも。のれんの向こうから怒鳴り声は消えていたが、彼女が姿を見せることもなかった。

「裁判の結果を見てからですが、『ときのベンチ』で取り上げることはできないでしょうか」

月に二回、不定期だが記者が持ちまわりで担当しているコーナーだ。取材した出来事をエッセイ風に解説する。総局の紙面作りの中で、唯一感情移入が許される場所だ。

「まあそれはいいんだけど……」

坂上の反応が鈍い。ほかに何か言いたいことがあるのだろうか。

てらてらと油を垂らしながら、豚の角煮が坂上の口の中に消える。呑み込みながら思い出すように話す。

「だから、ほら、必要以上にその件で時間を取られても困るんじゃないのかなと思って。俺も上からいろいろ言われててね。労働時間もそうだし、ガソリン代も……」

移動のためにみんな自分の車を使っているが、九割は会社が持ってくれている。

「裁判所は、総局から歩いて十分もかかりませんよ」

「ああ、裁判所はな。しかしそのぶん労働時間が、な」

「でも僕は新聞記者は普通のサラリーマンのようにはいかないって、そう思っています。同じゼミで読中《よみなか》新聞に就職したやつもやっぱり大変だって。それをブラックと捉えるかやりがいと捉えるかは、個々の責任じゃないですか」

「要君が自分に厳しいのは、うちとしてはありがたいけど、『ときのベンチ』を書くために取材をするのは本末転倒だろう」

「でも、この仕事をまわしてきたの、デスクですよ」

「まあそうだな」

「もう少し取材をしながら、デスクの判断を仰ぎます。突っ走ったりしませんから」

言いながら要は、すっかりやる気になっている自分に気がつく。どうしてだろう。

昼間伊代の話を聞いたときには、どうしたものだろうかと思案していたのだが。

もしかして娘の由愛を見たせいだろうか。自分と同じで、痩せていて悲しげで、第一印象が悪いと思った。そして人見家の家族の網目から彼女の存在がすり抜けてしまっているようだった。

坂上がビールから冷酒に変えた。運んできたのは由愛と同い年くらいの店員だ。ピンク色の忍者服と、必要以上に盛ったメイクがアンバランスだ。要は聞いた。

「あれっ、さっきの黄色の服の店員さんは？」

冷酒を坂上の前に置くと、店員は一瞬思い出すように目を逸《そ》らした。

「帰ったのかな。あれ、辞めたのかな？」

屈託なく話す。

「辞めた？」

「あ、何かさっき、裏で……あ、よくわかんないです。でも無理ですよ」

「無理って、何？」

「ここ、自分の連絡先とか、お客さんに教えたらクビですから」

彼女は軽く笑って戻っていった。坂上が噴き出す。きっとすぐに店長や、従業員に話すだろう。〈おっさん二人にナンパされてもた〉と、SNSに投稿されたかもしれない。

要は少しだけ反省したが、新聞記者なんて声をかけてなんぼの世界だ。

「日本酒飲んでいいんですか。尿酸値高いんでしょ」

坂上の笑いを止めるつもりで言った。

「ありがとう。でも、日本酒のほうがプリン体は少ないはずだ。まあ俺の尿酸値の心配より、自分の心配だろ」

「何がですか?」

「ほんとに駄目になったの? 美奈ちゃん」

「ああ……」

それが聞きたかったのかと要は顔を歪《ゆが》めた。桜井美奈は同じ総局の三年目の記者だ。ふた月ほどつきあったが要のほうから、やっぱり無理だと断った。何がやっぱりなのか聞かれ、要は「ごめん」としか言えなかった。

「いや、個人的な問題はともかく、ほら、女同士って固まると怖いから。だからそのへん気をつけて欲しいというか。変な噂になってもあれだし」

「変な噂って、なんですか?」

「だからほら、君自身のセクシャリティの問題とか。もし何かかかえてるなら、俺も協力するし」

「そんなこと心配してくれてたんですか」

デスクという役職も大変だ。どんな問題であれ、いつ突然責任を問われるかわからないのだ。それにしても、美奈が吹聴《ふいちょう》したわけではないだろうが、女性の口に戸は立てられないと、つくづく思う。

「一応今のところ、ゲイではないみたいです」

「一応って、どういうこと？」

「僕の友人で、結婚してからやっぱり自分がゲイだって気づいたやつがいて」

「それでどうしたの？」

「相手の女性は、それでもいいって言ってたみたいですが、悩んだ末に別れました」

「なんか、想像できないな、この頭じゃ。フェミニストでもないし」

「いや、女性ってすごいですよ。もし自分が結婚した相手から、私はレズビアンだから別れてって言われたらどうします？　僕なんか自分の感情の中では収まりきれないと思います」

「男のほうが感情を溜《た》めておく容器が小さいんだろうな」

「そう。それですよ」

「ましてや俺は昭和だし」

「昭和に逃げないで下さいよ」

要は笑って言いながら、やはり自分は女性とはつきあわないほうがいいと思った。誰も傷つけたくないから。裏を返せば自分が傷つくのが怖いのだ。

# 5

上手くいかないときってこういうもんだ。

由愛はベッドの上であぐらをかいたまま、「はあっ」と溜息をついた。

あのお客さん、どこかで見た顔だと思ったら、うちの前で電話をしていた人だ。

しかも唐揚げを持っていったとき、「裁判」って声が聞こえて、お客さん用のスリッパにつまずいてしまった。

ヤバいと思ったときには遅く、唐揚げが宙を飛んで、座敷に転がっていた。皿に拾い集め急いで厨房に戻った。

達也を探したがいなかった。それはそうだ。翔のところにいる。自分が呼びに行ったんじゃないか。

由愛は苦笑いして、笑っている場合じゃないと、思い直した。

「店長すみません。落としてしまいました」

「そうみたいだな。すぐ新しいの揚げて」

「でも、達也さんが」

「あ、そう」

　店長は冷凍庫から出した唐揚げを、油に滑り込ませた。ジュッという音とともに、沈んだあたりから一気に気泡が上がる。

「由愛ちゃん。それどこに落ちたんですか？」

　男子大学生のアルバイトが口に入れたそうにしている。店長が「さっさと捨てて」と洗浄機の脇にある生ゴミ専用のゴミ箱を指さした。

「座敷だったら大丈夫ですよ。さっと油にくぐらせれば」

　そして大学生は、「まあまあ固いこと言わないで。達也さんがいないうちに」と、由愛の手から皿を奪った。

「知らねーぞ」

　店長はアルバイトにも甘い。だが、由愛にとってそんなことはどうでもよく、すぐ新しい皿に野菜を盛り付けた。

　櫛形《くしがた》レモンを置いた手が止まった。達也がのれんをわけ、戻ってきた。ひと目見て、由愛は体を硬くした。まとっている空気がまったく違った。

すぐに大学生の手から皿を取り上げると、床に投げつけた。派手に破壊音が響く。

「何勝手なことやってんだよ！」

達也が大学生の胸ぐらをつかむ。

「すいません。達也さん。ほんとすいません」

高校時代に鍛えた筋肉が盛り上がる。大学生は両手を開いて謝った。達也はすぐに手を放した。

「おい由愛！　どういうことだよ」

唐揚げを勝手にフライヤーへ入れたことへの怒りか。けれど由愛が見た達也の目は、フライヤーにはまったく向けられなかった。

「おい、由愛。ちょっと来いよ」

ガッと、由愛の腕をつかむと裏口へ引っ張った。ただでさえ華奢な由愛が、敵《かな》うはずがない。それだけで骨にひびが入ったかと思うほど痛い。

「やめなさいよ暴力は」

厨房へ飛び込んできた三葉が中に入ろうとする。

「うっせーんだよ」

達也が片手ではじき飛ばす。

転ばないようについていくあいだにも、由愛の頭は回転する。三葉と達也がさっき二人でいたときに、何かあったのか？　それとも、翔が現れたことが関係あるのだろうか？

店舗の裏は必要最小限の照明しかなく、アスファルトの細いひび割れに由愛はつまずいた。

「転ぶなよ。あぶねーだろ」

「何言ってんの。手を放してよ。なんなのいったい！」

達也が手を放した瞬間、由愛の体は隣接するアパートの敷地とを仕切る金網に叩《たた》きつけられた。

「ありえないし……こんなの」

達也から呼び捨てにされたり暴力を受ける覚えはない。今までになかったことだ。

「おまえ、兄弟はいねーって言ったよな」

その質問を受けるのは今日二度目だ。

「いないよ」

「嘘つくなよ」

達也の目が怖い。女に、いや、自分より力の弱いものに向ける目ではない。

「兄貴がいただろう。人見典洋って、おまえの兄貴だろ。翔が言ってた。もちろん翔は知ってるよな。神田翔」

「……」

いやなものが地面から湧き上がってくるような、気味の悪さを感じた。足もとが溶け出し、黒いグロテスクな腕が何本ものびて由愛の細い足首をつかむ。自分の体も沈み始める。

沈んでしまわないよう、由愛は手の指を金網にくぐらせ握った。薄い肉に金網がめり込む。

「典洋のせいでえらい目に遭ってんだよ。裁判にまでなって」

「……裁判」

「わざとか?」

達也が吐き捨てた言葉の意味を、由愛は捉えきれなかった。

「おまえさ、俺のこと何か探るために、ここでバイトしてるのか」

「何言ってるんですか?」

「だから……裁判のことだよ」

とっさに由愛は思い出した。母親が裁判をすることにしたと話していたことを。

なんとなく翔も関係しているのだろうとは思っていた。

翔が謝りに来た日のことを覚えている。奥の和室で、父と母、そして翔の声が聞こえていた。よほど入ろうかと思ったができなかった。何か恐ろしいことが起きそうで、翔の姿さえ見ていない。リビングからさらにキッチンの隅へ逃げ込み、膝《ひざ》を抱えて震えていた。

達也は翔の心配をして怒っているのだろうか。

「私、裁判とは関係ないよ」

「ないわけ、ねーだろう。だったらなんで、典洋の妹だって隠していた」

「言わなかっただけ。必要ないでしょ」

「信じられない」

「そんな暗い話、店でするわけないでしょ。考えなくても」

「なんだと。おまえ俺をバカにしてるのか」

達也の睨みつけた目が暴力的で怖くなった。逃げなきゃ。そう思ったとき店長の声がした。

「おい、大丈夫か由愛ちゃん」

裏口に立つ店長の姿が目に入った。ずっと見てたくせに、今来たように声をかけた。

「ケガないか……」

店長がそばに来る。とたんに達也が、首を斜めにして突っかかる。

「何それ？　店長。俺がコイツを殴ったりするとでも思ってんの。ざけんなよ！」

怒鳴ったときには、店長の胸ぐらをつかんでいた。由愛は解放され、達也のそばから逃げた。

「いや、そうじゃないけど。どうしちゃったの、達也君」

「どうもしねえよ」

さすがにこれはまずいと思ったのか、達也はすぐ手を放した。由愛にも目で凄《すご》みをきかせ、「クソが」と吐き捨て店に入った。

屈辱感と恐怖心で由愛の体は震えていた。

「達也にはまた、ちゃんと言っとくから」

店長がなんとか由愛の気持ちを鎮めようとした。

「私、辞めます」

言葉で威嚇するだけならまだしも、あんな目をされたら、もうここにはいられない。

「ちょっと由愛ちゃん。達也のことはちゃんとするから」

別にバイトを辞めたことで、自分にはなんのリスクも生じない。それに店長は、何をどうちゃんとするつもりだろう。いつも達也を、腫《は》れ物に触るように扱うくせに。だから増長するんだよって、みんな言ってる。

「いいです」

「いいですって、何？」

「だから辞めます」

「いや、君に辞められちゃったら困るよ」

行き着くところそこなんだ。達也をあやす係がいなくなるから？

「失礼します」

外の階段から二階へ上がり、由愛はドアのセキュリティボックスを開けた。五桁の数字を打ち込むと、カチャッとロックが解除される音が聞こえた。

そうだ、三葉にも言わなきゃ。

なかなか眠れなかった。

何度もベッドの上で起き上がり、スマホを見た。そして明かりを消して、また同じことを繰り返す。そしてその原因もわかっていた。

翔と再会したときは、連絡先の交換くらいできるかなと期待したけど、今はいやな予感しかない。

兄の自殺と翔のことは、由愛の頭の中では上手くつながらない。母親からは翔もいじめに加わっていたと聞かされた。けれど詳しくは知らない。由愛が知っているのは中学までの仲の良かった二人だ。謝罪に来た日、由愛の父親はキッチンで震えている由愛を見つけて言った。「翔君が悪いわけじゃないから」と。

ああ、やっぱり寝るのは無理。

由愛がリモコンのボタンを押して電灯を点《つ》けたとき、三葉からラインが入った。

〈新しいバイトこれなんかどう？〉

家に帰ってから、すぐ三葉にはラインした。三葉も今月で辞めると店長に告げて帰ってきたようだ。

〈三葉は強いから、羨ましいよ〉

〈由愛のおかげ。感謝してる〉

〈感謝するのはこっち。今日もアイツに、なんか言ってくれてたよね〉

〈うん。由愛につきまとうなって〉

〈ありがとう〉

〈由愛のほうがつらいでしょ。お母さんどう？〉

〈最近は、朝から起きてる。裁判のことを考えると、元気になるみたい〉

家に帰ったとき母親はいつになく機嫌がよかった。何があったのかは知らないが、裁判のことは聞かなかった。お弁当も作ってくれるし鬱《ふさ》ぎ込んでいるよりましだ。どちらにしても母親とは、宙に浮いた風船と会話をするようなものだ。風船の中には兄の魂が閉じ込めてあるのだろう。

なんの音だろうと思ったら、雨が降り出していた。少し寒くて、温かなカモミールティーが飲みたくなった。

由愛は一階へ下りた。

もうみんな眠っているだろうか。そうっと廊下を歩く。そういえば最近父親の姿を見ていない。

リビングのドアを開けると、その奥にあるキッチンの明かりが点いていた。誰かいるのか？　そのわりに静かだ。どうせ母親が電気を消し忘れたのだろう。

冷蔵庫があるキッチンへ由愛が入ろうとしたときだった。そこに黒い影がうずくまっていた。

「えっ……お父さん」

ねずみ色のジャージの上に冬用のコートを、ガウンのように巻きつけていた。

胸に抱いていたのは母親が料理用に買い置きしてある、二リットルパックの日本酒だ。パッケージに辛口の文字。焦げ茶色の陶器のコップを片手に持っていた。

「ああ、由愛か」

「それって……お酒。やめたんじゃなかったの？　ねえ、いつから飲んでるの。お母さんは知ってるの？」

「うるさい。がみがみ言うな」

父親は由愛を睨みつけたかと思うと、すぐにへらっと笑った。

「母さんには内緒な。心配かけるといけないから」

父親の分厚い唇が、ゆでた椎茸《しいたけ》のようにぬらり歪んだ。一応照れているつもりか。

兄が自殺をしたそのあと、父親の酒量が増えた。ビールしか飲まなかったはずが、日本酒を飲むようになり、焼酎が加わった。母親は見て見ないふりをしていた。いや、母親には自分の悲しみ以外は目に入らなかったのだろう。

父親が急性アルコール中毒で病院へ運ばれたのは、兄の自殺から二か月が過ぎた頃だった。

最悪だったのは、新入社員の歓迎会の流れで、そのまま数名を連れて飲み歩いているときに起きたことだった。会社の顔にさほど傷はつかないにしても、ダメ上司の烙印《らくいん》を押され、信頼と面目を失った。

由愛が母親と病院へ駆けつけたときには、ベッドの上ですべての苦しみから解放された顔をして眠っていた。

父親が空になったコップにまた酒を注《つ》ぎ、由愛に差し出した。

「レンジで、チンしてくれ。五十秒、いや四十秒」

「やめたんじゃなかったの。病院の先生に言われたよね。お父さんの体には、アルコールは合わないって。アルコール依存症になりやすいって」

「あんなの嘘だよ。アルコール依存症に、なりやすいもなりにくいもないさ。それにあれからもう三年か……四年か……経ってるんだ。今だって別に、ほら、誰かにからむわけじゃないし」

「だから、そういう問題じゃないでしょ。やめなさいよ、お酒なんか」

由愛が言ったとたん父親の目の色が変わった。

「なんだと。てめーまで、俺に指図する気か」

「わかった。好きなだけ一人で飲んでれば」

いやな予感がして、由愛は背中を向けた。

あの姿を母親が見たらどう思うだろうか。そしてそれ以上に、危険な兆候を見てしまった気がした。父親の口調が、いきなり達也かと思うくらい乱暴になった。「てめー」とか言われたのは生まれて初めてだ。誰か違う人間に向けて放った言葉のようだ。


朝起きると由愛はすぐにキッチンを覗いた。

寝不足のせいで頭の中はぼんやりしていたが、言うべきことはわかっていた。

母親は由愛の弁当箱におかずを詰め込んでいた。蓋《ふた》に描かれたアヒルは、首に巻いたピンクのリボンを揺らし、にこやかに由愛を見ていた。ミートボール、ごぼうサラダ、コーンクリームコロッケ。どれも電子レンジで調理するだけのものだ。料理は好きだったはずなのに、兄が死んでから興味を失った。

「お父さんは？」

由愛が尋ねると、母親が驚いて顔を上げた。

「どうしたの？　由愛がお父さんのことを聞くなんて、珍しいわね」

「お父さん、最近見ないから」

由愛は昨夜の飲酒のことを話そうか少し迷ったが、今は母親に心配をかけたくない気持ちが勝った。

「この春から、なんか、部署が替わったみたいよ。外に出てるって言ってた。朝は早いし、夜は遅いみたいね。でも頑張ってもらわなきゃ。裁判も始まったことだしね」

由愛は一瞬にして体の力が抜けた。頑張ってもらわなきゃのあと、由愛が卒業するまでとか、成人するまでとかじゃないんだ。心配してバカみたい。

「お母さん知ってるの？　お父さんが夜中にお酒を飲んでること」

意地悪な感情になって言ってみたが、母親は口もとで笑っただけだった。

「お父さんだって、いろいろストレスがあるでしょ。たまにはお酒でも飲まなきゃ」

「たまに、なの？」

「まあ……でも、飲んで暴れるわけじゃないし、この前のことで学習したでしょうし」

昨日の夜、恐怖心は抱かなかったが、今まではなかった暴力的な臭いがした。

「本当に大丈夫なのかな」

「えっ？」

「お父さん」

「大丈夫に決まってるでしょ」

決まってるんだ。

「それより由愛は、自分のことを考えたら」

珍しく由愛のことを気にかけた口調に、この前から少し考えていたことを話した。

「進路のことだけど、もう少し勉強して、看護師を目指すってのはどうかな」

「介護じゃなかったの？」

「看護師のほうが、ぜんぜんお給料がいいみたいだし」

「無理しなくていいよ。典洋なら、それこそお医者さんにだってなれたかもしれないけど」

母親の口からまだ普通に兄の名前が出てくる。気持ち悪い。母に違和感はない。

「早く食べて」

相談してわかったのは、母親の興味は由愛にないということだ。由愛は目玉焼きにソースをかけた。

母親がキッチンから出てきて由愛の前に座った。

「そうだ。昨日バイト先に、大同要って人、来なかった？」

「誰、それ？」

「いちいち名乗らないか」

ふと昨日店で接客した二人連れの男を思い出した。

「新聞記者なの。裁判のことを記事にしてもらえないか頼んでるの」

「お兄ちゃんの？」

「そうよ」

「どうして？」

「だってこのままじゃ、あまりにも典洋が可哀想《かわいそう》じゃない。何か生きていた証を残してあげないと」

母親の表情は、由愛の進路についての受け答えのときより真剣だ。証を残せば何かが変わるというのだろうか。そもそも、新聞記事にすることが証になるのだろうか。

由愛も聞きたいことがあった。

「裁判って、相手は翔君なの？」

母親は知っているのだろうか。翔が由愛の初恋の相手だと。

「翔君もだけど……」

母親は視線を逸らして、曖昧に答えた。

「翔君は親友だったんじゃないの。どうして訴えるの」

「翔君も荷担してたのよ」

「ちょっとぐらい荷担してたとしても、翔君は謝りに来たじゃない。私知ってるよ」

とたんに、バシッと母親がテーブルを叩いた。睨んだ目に、アニメで見るような憑依《ひょうい》を感じた。

「何も知らないくせに、勝手なこと言わないで。あの子がどれだけ苦しんで、あんなことになってしまったか、由愛にはわからないでしょ」

「私だっていじめで苦しんでた時期はあったよ。私だけじゃないよ。みんな、小学校や中学校で苦しんできてる。お兄ちゃんは……」

由愛はそれ以上は言うのをやめた。母親と言い争っても仕方のないことだ。それより朝食を摂《と》ってしまおう。食パンが喉に詰まりそうになり、コーヒーで流し込む。

母親は由愛を責めるようにまだ言う。

「でも典洋は死んじゃったのよ。死んじゃっても仕方なかったって言うの」

「そんなこと言ってない」

ああ、なんで朝からこんな話をしなきゃいけないんだ。母親とは最後には言い争いになってしまう。こんなのまともな家族じゃない。呪われてる。

「由愛も来るといいわよ。裁判に。そうすればわかるから」

由愛は答えず、皿を持ってキッチンへ立った。

自転車置き場で三葉が待っていた。

演劇部にいるせいか、立ち姿だけで物語が始まるような雰囲気がある。三葉の隣に自転車をとめた。

「おはよう。もしかして待っててくれた？」

「うん。昨日ラインで教えようか迷ったけど、直接のほうがいいかと思って」

「あ、バイトのこと？」

「違うよ。もっといいコト」

意味ありげに笑いながら、三葉はスマホを出す。

何人かの友人が、「おはよう」「行かないの？」と声をかけ通り過ぎる。由愛も作り笑顔で返すが、三葉ほど上手く笑えない。

「ほらっ！」

スマホ画面を見て驚いた。神田翔の名前がある。ということは三葉の携帯アドレス帳に翔が入っている。

「どうして？」

由愛はそれ以外に言葉がなかった。三葉はしばらく「さあ、どうしてかな」と、由愛の驚愕《きょうがく》する表情を楽しんでいるようだった。

種明かしは簡単だった。

「昨日、由愛が先に帰っちゃったでしょ。あのあと、この人に呼ばれて、由愛と連絡を取りたいって。幼なじみって言ってたし、由愛もキャベツ畑の蝶みたいに嬉《うれ》しそうだったから、とりあえず向こうの連絡先だけ受け取ったよ」

「ありがとう」

昨日願った通りになった。きっと黄色い蝶を見つけたせいだ。幸運を運んできてくれたんだ。バイトを辞めたのだって、あのストーカーもどきの達也から離れることができて、それはプラスではないか。

「で、誰？　ただの幼なじみじゃないでしょ」

「うん……初恋の人」

「由愛の恋愛って、少女漫画だね」

「そんなこと……」

このとき由愛ははっきりと胸の中で、翔のことをまだ慕っている気持ちがあることを自覚した。そして問いかけていた。

（本当に好きになっていいのかな……）

6

取材のあと、どこで昼飯を食おうか、大同要はぼんやりと考えながら車を走らせていた。三重県には十四の市と、十五の町があるが、おいしい店は頭の中にインプットしてある。

今日は午前中、鳥羽《とば》市の石鏡《いじか》町で「アワビの稚貝《ちがい》放流」の取材をすませ、県庁所在地へ向かっていた。

石鏡旅館組合が主催して、二千個の稚貝を子どもたち百人が磯《いそ》に放つ。天候もよく波も穏やかでいい写真が撮れた。お昼前からは、サザエや大アサリの浜焼きがあったが、そこまで参加してしまうと午後からの裁判所での傍聴に間に合わない。要にとっては、本当に稚貝を放しただけのセレモニーだった。

今は二、三センチしかない貝が、リアス式海岸の岩場のかげでひっそりと、二、三年かけてようやく十センチほどになる。その話を聞いただけで感動した。春はひじきやわかめ。夏はサザエやアワビ。そして冬には伊勢エビと、日本の原風景がここにもある。しかし青い海と白い波を見ているだけで、お腹はふくれない。

卑しい魂胆を悟られぬように、磯の香りを嗅ぎながら要は漁師町をあとにした。

「そうだ。あそこがあった」

ハンドルを握る要の目に、大きな看板が見えてきた。

「パチンコ・スロット　ジョイフル」

要は賭け事は一切しない。しかしその遊技場の駐車スペースの一角にある食堂が、安くて旨かった。種類はそれほどなく、麺類と丼物だけだ。カツ丼が要の定番だった。もっとも旨くて当然だと思う。だいたいそんな場所で食うのは、パチンコやスロットで負けた連中だ。ただでさえイライラしてるところへまずい料理など出したらトラブルのもとだ。早い旨いが基本だ。勝った人は肉や寿司《すし》を食いに行くだろうし、もっと違った場所で金を落とす。

店に入り、要は「よし、食うぞ！」と心の中で叫びながら、券売機で食券を買った。

「すみません。これ」

カウンターの入り口から三番目に座りカツ丼のチケットを置いた。店はカウンターのみの十二席で、いちばん奥に客の男が一人で座っていた。

従業員は二人。疲れた表情のおじさん。四十くらいのおばさんには力強さを感じる。

奥の客は食べ終わったうどんの食器を下げられてしまうと、財布の中身を見ながら、帰ろうか、もう少し粘ろうか迷っている。完全にギャンブル依存症だ。要にも理解はできる。

大学時代、仲間のうち一人がパチスロにはまって抜け出せなくなった。講義中我慢していても、お尻がむずむずして、今日行けば勝てそうな気がしてくるらしい。そのうちに、今行けば勝てそうな気がするようになって、ときどき授業をサボるようになった。昨日は五千円負けたと、自虐的に自慢しているうちはよかったが、すぐにあたりかまわず金を貸してくれと頼むようになった。要は運よく貸す金もなかった。

そのうち彼は、まったく講義に出てこなくなった。学校で見かけなくなり、彼と親しい友人から風俗店で働いていると聞いた。やがて店で働く女の子とどこかへ消えたそうで連絡が取れなくなり、金を貸した連中は踏み倒されてしまった。

カウンターの奥に座って悩んでいる男も、おそらく午後からはつきがまわってきそうな気がしてお尻がむずむずしているはず。

人を動かすのに理屈はいらない。

空気の中にその人の情動が反応するような成分が含まれているのだろう。

出されたカツ丼を食べながら、要はやはり後悔した。好きだけど全部は食べられない。半分も食べると、もう満腹感が押し寄せてきた。

「あの、残しちゃったけど、すみません」

「ぜんぜん、かまいませんよ」

愛想よく答えるおばさんに比べ、おじさんは反応がない。どちらが店長なんだろうか。おじさんの目はとろんと力がなく、無精髭《ぶしょうひげ》も剃《そ》っていない。大丈夫かと、声をかけたくなる。

少し前までは二十代の男性が仕切っていたが、今日は休みか、それとも辞めたのか。

カウンターの端に座っていた男が、ようやく「よっし」と決意を吐いて立った。

家に帰る気はないようだ。

「あのう、宮西《みやにし》さん」

カウンターの向こう側で、おじさんが初めて声を発した。呼ばれたおばさんは業務用の冷蔵庫から、一リットルのペットボトルを出し、中身をグラスに注いでいる。おそらくコーヒーだろう、濃い茶色の液体だ。

「宮西さん」

「はいはい」

「それ私のコーヒーなんで……」

「だって店長、飲んでいいって言ったじゃないですか」

ねえと、要に同意を求めるように笑いかけた。それなりに時間をかけて化粧した目力が強い。こっちがパートさんだったのか。

「それはそうですけど……私のぶんがなくなっちゃうから。それから、もうそろそろ、あがってもらっていいですか」

「あがる？」

おばさんは不審者を威嚇するような目で店長を見た。店長が目を逸らすと、おばさんは壁の時計を指さす。

要も思わず見た。一時五十五分。傍聴する予定の裁判は三時からなので、時間にはまだ少し余裕がある。

「店長。私の契約は三時までですけど。十時から三時までの五時間。いいですか。こっちだって、生活がかかってるんですよ。そっちの都合で勝手に労働時間減らされちゃ、たまったもんじゃないですから。それならそれで、別のとこ探しますから」

「いや、でも、お店が暇だから」

「そんなこと、私の責任じゃありません。店長がお客さんを連れてくればいいじゃないですか。そっちの責任でしょ。私は仕事をしたくないと言ってるわけじゃないですから」

店長は黙り込んだ。おばさんは要には機嫌よく接し、グラスに水を注いだ。

苦笑いで応《こた》え、要はノートパソコンを出し、記事の下書きを書いた。日ダネという、一行十二文字で、三、四十行の記事だ。

見出しは簡潔に、「アワビの稚貝放流」でいいだろう。問題は、どこに焦点を当てるかだ。坂上がよく言う。「この記事のいったい、どこが肝なの？」

地元の園児たちが参加していたことだろうか？ 漁獲量や海女の減少についてか？ 今回は旅館組合が主体になって行ったというところか？

書き終えてパソコンに保存したとき、店にぶらりと三十歳くらいの男が一人で入ってきた。仕事の合間にパチンコか。それにしてはスーツを着て、昼食を摂るのにネクタイを着けたままだ。苦しくないのか。

と、男は食券も買わず、店長の真ん前の席に座る。

「どうですか、ヒトミさん。もう一週間ですが、現場は慣れましたか」

冷たい笑みを浮かべ顔を突き出した。

ヒトミ……？

要は店長を見た。もしかして人見伊代の夫なのか？　いや伊代の夫は人事とか言っていたのではなかったか。顔を見たが当然わからない。娘の由愛の顔とも上手く重ならない。

今でこそ仕事柄、努めて人の顔を覚えようとするが、もともと誰かの顔を覚えるのは苦手だ。いつも他人から目を逸らして生きてきた気がする。大学三年の夏に通った就活塾でも、そこが君の弱点だと指摘され続けた。塾に通っていなければ、もっと違った仕事、俯《うつむ》いてコツコツとする仕事に就いていただろう。

「まあ、なんとかやってます」

ヒトミと呼ばれた店長が答える。

「水くらい出ないの？」

「すみません」

「あ、アイスコーヒーにして」

「はい」

店長が弱々しい声で応じる。それに比べ、ネクタイの男はなんだろう。どこか自分を強く見せようとして、わざと横柄な態度を取っているようにも見える。パートのおばさんがそわそわし始めた。

「まだ慣れてないようですね」

男はアイスコーヒーを、水のように飲み干すと、グラスを置き、パートのおばさんをちらりと見た。

「あ、宮西さん。今日は申し訳ないけど、もう帰って頂いてけっこうですよ。また忙しいときには、残業を頼むことになりますし」

おばさんは店長に向けた態度とは反対に、それでは帰らせてもらいますとにこやかにエプロンを外し、厨房の奥の出入り口から消えた。

とたんに男が、借金でも取り立てるような顔になった。

「何やってんの、ヒトミさん。宮西さんはパートなんだから、暇なときにはとっとと帰さなきゃ。それ、あなた自身がこの前まで店長さんたちに指導していたことじゃないんですか」

「それは……そうですが。さっきまでは、そこそこ忙しかったんです」

男は店長の言い訳が重大な法にでも触れたように低音で言った。

「本当でしょうね」

「まあ、いいでしょう。わかることだから」

男は券売機の前に立つと鍵を差し込み開けた。二重扉になっていて、お金が入るスペースとは別に、もうひとつの扉を開けると、食券と、ロールペーパーがセットされていた。男はロールペーパーの印刷されている部分をちぎった。

券売機を元に戻し、十五センチほどの紙をひらひらさせて、要の三つ向こうの席に座った。

「カツ丼、一時三十四分。きつねうどん、一時二十二分。カレーライス、一時一分。何これ？　カレーのあと二十分空いてるじゃない。パートのおばさんと二人で、何してたの？　二十分、ぼーっと突っ立ってたのかな」

「掃除とか……してました」

「掃除って、朝してないの？」

「いや、……ダクトとか、油で汚れて」

「お客さんいるのに？　そんなのしたけりゃ、店が終わってからやって。一人でできるよね。寂しい？　一人じゃ」

「次からは、終わってからします」

「いや、そんなこと言ってるんじゃないんだよ。どうしてパートさんにとっとと帰ってもらわないのかって話」

「パートさんにも、パートさんの生活があって……三時までの契約になっていると」

「優しいんだね。じゃあ、あんたの給料から引こうか？」

「そんなこと」

「その優しさが、ダメなんじゃないの。よくそれで、今までエリマネがつとまりましたね。そうか、つとまらないから、ここにいるんだ。だいたいそんなだから、この店の店長、すぐいなくなっちゃうんだよ。優しくすると、相手は精神的にゆとりができちゃう。つまり余裕が生まれて余計なことを考え出すの。逃げ道を考えちゃうわけ。で、逃げられないように、いつも切羽詰まった状態にしておかなきゃ。支配下に置いてコントロールする。常識でしょ」

「すみません」とだけ、店長はつぶやいた。どうしてそれほどまでに立場が弱いのか、要は不思議に思った。ちらっと見ただけだが、店長のほうが男よりも十歳以上は年上だ。

「もう、次ないですから。あなたの居場所。わかってますよね。ヒトミさん」

要はやはりヒトミという名が気になった。ノートパソコンにヒトミと打ち込む。

【クラブ瞳・ひとみ印刷・ヒトミ歯科・人見クリニック】

漢字で名字になりそうなのは、人見くらいだ。

「私は本部の人間なの。ね、あなたの代わりをするほど暇じゃないんだから。その

「……あのぅ、お言葉を返すようですが、本部の人間なら、契約内容を遵守しないといけないと、わかってもらえますよね」

へん考えてよ」

店長は一大決心をしたように男を見て言った。残念だが、まるいむくんだ顔に威圧感はない。本部から来た男が怒り出すかと思ったら、意外ともの静かに諭すように言った。

「じゃあもっと、お客さんに来てもらわなければいけませんよね。何かを変えていかないと。何かしましたか？　何もしてないでしょ。ほらガラス窓。外の景色が見たいですか？　メニューを貼りつけたり、キャッチコピーを貼りつけたり、国道からでも目につくようにしようとは考えないですか。外にウエルカムボードを立てるとか。やりようはあるでしょ。ああ、言っときますけど、それは店長の裁量でやって下さいね。会社からはお金は出ないから。そうだ、高速代、ここの売り上げから引いとくから。また寄りますね」

店長は何も言い返せず、出ていく男の背中を見送った。

「すいませんね。へんなとこ見せちゃって」

「あ、ぜんぜん。気にしないで」

新聞記者の習性だろうか、居心地の悪さより興味が勝ってしまう。取材になると特に、嫌がられているとわかっていても笑顔で近づける。

「エリマネって、なんですか？」

「ああ、エリアマネージャーです。うちはこう見えてもちゃんとした会社なんです。個人でやってるように見えるかもしれませんが。イベントの企画や、機材のレンタル。こういう遊興施設に飲食店を出したり。ほら、店の中に短いスカート穿《は》いてる売り子さんたちがいるでしょ。カートでジュースやホットドッグを売ってる」

要は首をかしげた。中へ入ったことはない。

「賭け事はしないんで」

「そうなんだ。いや、そのほうがいいよ。でも酷《ひど》いでしょ。ここに食堂があるのに、中でそんなものを売るなんて。それも、うちの会社ですよ。そりゃ会社としてはどっちが儲《もう》かってもいいんだろうけど、酷い話ですよ。以前ここで店長してた人からも相談を受けてたんですが、この前急に辞めちゃいました」

「あの、エリアって、どのくらいあるんですか？」

「ここは、中勢《ちゅうせい》、南勢《なんせい》地区です。北勢《ほくせい》エリアは隣県とも兼ねてまして」

「じゃあ、店長さんもエリアマネージャーだった、ということですか」

「そうです。ほかに新人教育係もやっていました。しかしどうも……自分には合わないようで」

そのとき店長は、知らぬ人間相手に喋《しゃべ》りすぎたと気がついたようだ。手のひらを顔の前で振りながら、すみません余計なことをと、要の前から離れた。

要もそろそろ裁判所に向かわなければいけない。また来ます、ごちそうさまと挨拶して車に戻った。

黒いバンの車内は暑いくらいだった。あの店長が人見伊代の夫かどうか確かめたかったが、いきなり聞くのも失礼だろう。もしそうだとしたら、あの店長は、息子の自殺の責任や苦悩をずっと胸に隠しながら生きているのだろう。

いつものことだが、裁判所の受付にいる女性は、コンクリートの建物と同じように無愛想だった。紺色の制服がさらに表情を隠す。

左手の通路のずっと奥に飲料の自動販売機があり、特に待ち合わせしているわけでもないのに、テレビ局の人間や新聞記者がたむろしていた。

要が取材する裁判は、全国的にも話題となった。本当はもっと重要な裁判もあるのだが、大きく取り上げられるだろう。

「301号法廷ですよね」

わかっていたが階段を指さし、要は挨拶代わりに声をかけた。米沢《よねざわ》という、もう七十を過ぎたじいさん記者が、撮影中だからまだ入れないよと、くしゃっと笑った。

301号法廷の前にも取材陣がわらわらといた。大きな鞄《かばん》を提げている女性は法廷画家だ。壁の掲示板に張り出された紙には、「暴力行為等処罰に関する法律違反」とあった。

被告人の山川良樹《やまかわよしき》は、深夜、腹が減ってコンビニへおでんを買いに行った。ところが、「まだ充分に加熱できていないので売れない」と断られた。すっかりおでんをアテに酒を飲むつもりだった山川は、一度家に戻り、父親が日頃使っている草刈り機を持ち出し、再度コンビニへ行った。そして草刈り機の刃を店員に向けた状態でエンジンをかけ、おでんを売るように要求したのだ。

さらに怯《おび》える店員を動画に撮り、「おでん命がけで買う」とタイトルをつけ、ユーチューブに投稿した。ユーチューバーというやつだ。一回誰かが見てくれるたびに、0・1円が収入として得られるといわれている。

山川が叫んだ「全世界配信してやる」は、流行語にもなった。

全国的に注目を集めたニュースの裁判には、審理前にテレビカメラが入って、二分間の撮影時間が与えられる。被告人の姿は映らないが、裁判長や書記官が、ニュースにリアリティを添える。今日は求刑が出るため、夕方の全国ニュースや明日のワイドショーの中で使われるのだろう。

審理が始まり、証言台に被告人の父親が立った。二十九歳の息子を弁護する父親の気持ちとは、どういうものなのだろうか。要には理解できない。ふと、人見伊代の家族を思い出してしまう。息子の典洋はどんな少年だったのか気になり出した。家族の形に定形などはないのだが、それでもどこか歪んだ姿を感じる。要の家も同じで、思い出す両親の顔は、どれだけ努力しても笑顔にはならなかった。

要は傍聴席のいちばん前に座った。刑事裁判の法廷はまだ膝の前にスペースがある。要はリュックを置いてノートを取り出した。

「息子さんは現在自宅で生活していますよね」

男性検察官からの質問だ。

「はい。一緒に住んでいます」

被告人である草刈り機男は、緊張した父親とは対照的に、弁護人の前に置かれたソファに座り、欠伸《あくび》をしたりだるそうにぐるりと首をまわしたりしている。体型も痩せた父親とは違ってガッチリしていた。

「家では今、息子さんは毎日何をしているんですか？」

「家事をしています」

「仕事を探すとか、アルバイトをするとか、されていないのですね」

「あの事件が、メディアであんなに大きく取り上げられたんで、おそらく外に出て働こうとしても、ネットなどにいろいろ書かれてしまって面接なんかも上手くいかないと思います。そうなると息子が可哀想なので。私も困りますし」

「あなたの息子さんは、そのインターネットを使って、罪のない人を怯えさせ、それを世界配信したんですよ。その被害者の心の傷を、息子さんは、どう考えていますか。あなたから見て」

検察官の表情こそ変わらないが、厳しい口調だ。

「それは……わかりません」

「あなたは息子さんの身元引受人になっていますよね。その意味はわかっていますか」

検察官に責めたてられる証人を見ていると、少し哀れになる。法廷では見えてこない事情が、この家庭にもあるかもしれないのだ。仮に父親が息子の暴力によって支配されていたとしても、ここではわからないし議論されない。

「じゃあ具体的に、息子さんとはどういう話をされましたか？」

「大人しくしてくれと言いました」

「大人しく？　具体的に、何かしましたか。配信に使った機器を売るとか譲るとかして、処分しましたか」

「処分？」

「そうです。捨てるとか譲渡するとか」

するとそれまで申し訳なさそうに話していた父親の口調が変わった。

「しかしですね。今の時代、インターネットなしでは生活できないと思うんです。今回はたまたまこんなことになってしまったけど、ちゃんと使えばいいわけでしょ」

「お父さんね。たまたまとおっしゃいますけど、被害に遭われた方は、たまたまではすまないでしょ」

「こっちだって、謝罪したいと申し出てるのに、拒否してるのは向こうですよ。こっちのせいではないですよ」

要は思わず笑ってしまった。誰も反省しない。そもそも反省を基準とする裁判に、意味はないと要は思う。

そして山川良樹本人への被告人質問はさらに酷いものだった。

「事件から一か月以上経ちますが、今あなたはどうしてあういうことをしてしまったと考えていますか？」

「……ストレスです」

「自分がしようとしていることが、まずいとは考えなかったのですか？」

「わかりません」

「もう、これからは、ユーチューブへの投稿はやめますか？」

「今は……やめます」

「今は、とはどういうことですか？」

「僕に対して、頑張って欲しいというファンの声もあるんです。ファンの皆さんの期待を裏切るわけにはいきません」

聞いていて、溜息しか出ない。自分がやったことが理解できていない。

要はふと幼稚園での取材を思い出した。先生が悩んでいた。

園児がブランコ遊びの順番を守れず前の子を叩いたりする。自分は今乗りたいのになぜ待たなければいけないのか、理解できないのだ。保護者に話すと「じゃあうちの子を先に乗せてあげればいい」と言われた。

裁判は検察側が懲役一年六か月を求刑して閉廷した。八日後に判決が出る。おそらく執行猶予付きだろう。

要はすぐ総局に戻りノートパソコンを開くと、画面にフォーマットを表示した。

記事を書いてデスクの坂上に送る。坂上はものの三分もしないうちに要を呼んだ。

「何これ？　反省の色も見られず、欠伸を繰り返したりとか……。読者は反省を必要としてるんだよ。平和な社会を望んでいる。勧善懲悪を喜ぶんだ。新聞は一種の啓蒙《けいもう》活動だから、模倣犯が出てこないようにしなきゃ」

「事実は、そこに書いてある通りでしたが」

「ふうん。要君は他人の心の中まで見透かせるんだ。反省したかしていないか」

「そこまでは……」

「そう。そんなこと誰にもわからないし、わかる必要もない」

「どういうことですか」

「反省なんてなんの役にも立たないって。刑務所へ行くと反省のベテランが山ほどいる」

それに似た話は以前弁護士から聞いた。特に性犯罪者の場合、こいつ絶対に反省なんてしてないだろうな、どうせまたやるんだろうなってやつがいる。窃盗犯になるとまるで罪の意識がなかったり、むしろこれは病気なんだから仕方がない、私に必要なのは法ではなく治療だ、罪に問うこと自体が間違いだと平然と主張する者もいる。

弁護士の仕事は、そういう人間にも一応法廷では、反省しましたと言わせなきゃいけないから難しいんですよと、笑っていた。

「だったらなおさら、法廷での態度を」

「そういうのは、君が独立してフリージャーナリストにでもなってから好きにやってくれ。じゃあ、反省してましたバージョンで早く頼むよ。上下、黒のスーツとか文言入れて」

これ以上の議論は不毛だ。要は仕方なく書き直した。

――黒色のスーツ姿の山川被告は、終始落ち着かない様子。父親が証人として質問を受けているあいだも、じっと手を見つめ、ときおり目もとをぬぐう仕草を見せた。弁護側は、父親が監督指導を約束し、被告は被害者に謝罪文も書き反省していると減刑を求めた。

「おはよう要。これってどうなの?」

翌朝、出社すると、早出当番の美奈が声をかけてきた。早番は他紙の紙面を一通りチェックする。

「えっ、なんか抜かれた?」

「読中新聞だけど、裁判の傍聴に来た中学生のコメントが載ってる。内容は、まあ、だろうなって感じかな」

要は黒色のリュックを椅子に置いた。美奈が新聞を手にそばに来ると、ほらと要の机に広げる。腕が触れる。肌の柔らかさを体が思い出し胸が震える。懐かしい匂いがふっと鼻をくすぐって、近づかないでくれと言いたくなる。

紙面を見る。

――インターネットに興味があり、傍聴に来ました。動画サイトもよく見ています。今日裁判を傍聴して、情報発信する側のマナーやモラルが問われる時代になってきたなと思いました。――

美奈が言うように内容はありきたりだが、男子中学生のコメントが載せてあった。最前列に席を取ったせいもあるが、中学生がいたかどうかの認識はない。

読中新聞の佐々木《ささき》の顔を思い出す。がっちりとした体格。あごひげを蓄えた、ひと癖もふた癖もある顔だ。貧弱な要が並ぶと漫才コンビのようだと言われたことがあった。彼なら知人の中学生に頼んでコメントをもらうことくらい考えそうだ。

「やられたな。うちもこういう工夫が必要になるかな」

「要らないと思う。事実に差はないでしょ。うちは週刊誌じゃありませんし」

美奈が庇《かば》うような笑顔を見せた。

事実に差はないか。

しかし事実と真実は違う。真実を伝えてこそ報道には意味があるのではないか。及び腰の事実にどれだけの説得力があるんだろうねと、要は懐疑的な言葉を口にしそうになった。

「デスクには見せないほうがいいな」

要は笑って新聞を畳み美奈の手に戻した。

## 7

緑の匂いが、陸上シーズンの始まりを告げていた。

翔が由愛と会うのに選んだ場所は、県営陸上競技場だった。

電車と徒歩で由愛は競技場に着いた。

階段を上りメインスタンドへ出ると青い空の下、天然芝の緑色と全天候型トラッックの煉瓦《れんが》色が由愛の目を洗った。

赤、青、ピンク、紫、黒とジャージの花が賑《にぎ》やかに咲いて跳ねていた。体格が随分違うところをみると、中学生と高校生の合同練習のようだ。

スタンドの上に広い屋根が付いて、昔より随分と立派になっていた。

トラックではハードルを使った練習を何度も繰り返していた。フィールドでやっている追いかけっこは、瞬発力を養っているみたいだ。

スタンドでは、見守る父母の姿もあり、ビデオ撮影している顧問の先生たちもいた。

コンクリートの階段を上がり、由愛はスタンドの高い場所に座った。ここなら翔が現れてもお互いにわかるだろう。

「ひとつひとつ、動きをもっと大事にして！」

ハンドマイクから流れる声が、向こうにそびえる朝熊山《あさまやま》に反響して跳ね返ってくる。

ふと昔に戻ったようで、寂しいのか悲しいのか嬉しいのかわからないおかしな気持ちに襲われ、胸が苦しくなる。

わかるのは、あの頃は幸せだったということだ。自分も家族も。

「久し振り」

グラウンドに集中していたせいで、すぐそばまで翔が来ていたのに気づかなかった。

由愛は思わず立ち上がった。

「ご無沙汰してます」

ついこの前店で会ったのに、なぜかかしこまった口調になってしまった。

「座ろう。立ってるとけっこう目立つよ」

「そうだね」

右隣に翔が座る。聞きたいことはいろいろあるけど、由愛はどう切り出せばいいかわからず、翔の言葉をまった。

「ずっとここに来たくて」

「うん」

「でも、一人で来るのはつらくて」

「うん」

「かといって、誰と来るのも、ふさわしくない気がして」

「うん」

「やっと来ることができたよ。ノリヒロ」

「あ……」

翔は兄に語りかけていた。

顔は笑っているけど、寂しそうだ。視線の先には、確かに兄がいるのだろうか。

「由愛ちゃん」

「あ、はい」

「何緊張してるの？」

「だって、競技場とか、久し振りだし」

「昔はいつも応援してくれてたじゃない。あのへんかな」

翔が百メートル走の、六十メートルを過ぎたあたりを指さした。メインスタンドの最前列で手すりにしがみつき、由愛は声を張り上げていた。

「お兄ちゃんを応援するときは、向こう」

メインストレートに入るカーブになっている場所。そこからはいちばん声が届きやすいと思っていた。

「ラストファイト！　お兄ちゃんファイトって」

もうあんなに必死になって、誰かを応援することもない。あの頃は家族が互いに応援しながら生きていたような気がする。

「どうしたの？」

翔がじっと由愛を見ていた。

「ううん。なんか不思議だなって」

見つめられるのが恥ずかしくてすぐ前を見た。掲揚台脇の階段を、精一杯腿《もも》を上げながら駆け上がっているのは中学生だろう。規則正しく笛が鳴る。

「俺も、不思議な気持ち。本当はずっと由愛ちゃんに謝らなきゃって思ってた。なのに……」

「なのに、何？」

「由愛ちゃんといることで、くつろいでる自分がいる」

「私もそうだよ」

「ありがとう。典洋には、謝っても謝りきれないけど」

「私だって、お兄ちゃんに酷いこと言ったことある」

翔は心配そうに由愛を見つめただけで聞き返さなかった。茶色く染めた髪のせいか血の気がないように見えた。楽しい会話をしたいと、昨日の夜は想像していたけど、やはり無理だ。

「どうしたらよかったのかなって、いつも考えてたんだ。高校で、俺も陸上部に入ればよかったのかなとか。でも最近、どれだけ考えても結論なんて出なくて、大事なのは、ちゃんと典洋のこと思い出すことなんじゃないかって気がする」

「たとえばさ、こんな澄み切った空気の中で、走る中高生の姿を見ながら思い出す。なんかあいつと話ができそうな気がするんだ。そのあたりにいて」

「翔ちゃん、ずっと考えていたんだ」

「うん」

「一人で……」

「うん。由愛ちゃんは？」

「私も考えた。でも一人で考えても、限界があるよね」

翔と目が合った。今度はなぜか恥ずかしいとは思わなかった。

それどころか飛び込みたいと思った。

翔の深い胸の悲しみの中へ。

翔は青い空に目をやる。

「でもわかんない。なんだかんだいって、自分が救われたいだけなのかも。きっと助けて欲しいんだよ、誰かに」

助けて欲しい。

その言葉が由愛の記憶を揺り動かした。

「私さ、翔ちゃんに助けてもらったことないかな。海で溺れて、助けて助けてって叫んでる夢を見るの。誰かが浮き輪を持って助けに来てくれるんだけど」

翔が驚いた顔で、「あるよ」と答えた。

「俺が中二の夏だったかな。一緒に海水浴に行って、由愛ちゃんいつの間にか流されて、溺れかけて。俺、浮き輪を持って泳いだ。スイミングスクールは赤ちゃんのときから行ってたから泳ぐのは平気だったけど、あのときは焦ったな。覚えてなかったんだ」

「うん」

「よっぽどこわくて、無意識の中に閉じ込めてしまっていたのかも」

「本当にそんなことがあったんだ。信じられない」

「あれからだよ。典洋が黄色をラッキーカラーにしたのは」

「黄色って……どうして?」

「由愛ちゃんを助けたのが黄色い浮き輪だったから。それだけ、あいつにとって大事な妹だったってこと。しかも、シューズもはちまきも黄色に変えて。その秋初めて県大会で入賞したもんな」

兄が六位入賞したことははっきりと覚えているが、あの夏の記憶はすっぽり抜け落ちていた。今でも耳の奥で、自分の応援する声も、兄が目の前を走り過ぎるときに残した、ゼイゼイという息づかいまでもよみがえる。

兄と自分が黄色をラッキーカラーにしたのは偶然だと思っていたけど、こんな理由があっただなんて。わかっていれば、もう少し違った接し方ができていたかもしれない。

「由愛ちゃん、来週の裁判は来るの？」

翔が思い切ったように言う。本当に話したかったのはそのことだろう。

母親から聞いたときにはまったく行くつもりはなかったが、思いつめた翔の顔を見ると何があったのか裁判を見て確かめたくなった。

それを確かめない限り、これから先友人としてでも、翔とつきあうことはできないだろう。

突然翔が立ち上がった。

「ごめん、典洋。もっと楽しい思い出、たくさん作れたはずなのに」

翔が呼びかけたグラウンドを由愛も見た。

苦しそうに顔を歪ませた少年たちがトラックを駆ける。兄は言っていた。走りきった瞬間、自分が消えて透明な何かになったような気がする、と。

今、兄がそこにいて二人を見たらなんて言うだろうか。

裁判所へ向かう車の中で、由愛と母親の伊代はほとんど口をきかなかった。

由愛が今朝、裁判を見に行くと言い出したとき、伊代は予想外のことに喜んだ。しかし由愛が今朝、私服で一階のリビングに姿を見せると、伊代は眉をひそめた。そしてすぐに制服に着替えるよう指示した。

由愛の格好は特別派手ではない。黒のガウチョにグレーと白のボーダーラインのニット。どちらかといえば地味だ。

「この服でいいよ。楽だし」

由愛が言うと、食器を洗っていた手を止めて、伊代がキッチンから出てきた。

「そういうことじゃないの。制服を着たほうが不憫《ふびん》に見えるでしょ。同情的な目で見てもらえるから判決にも有利なの」

「はあ？」

由愛には理解できない。そういう伊代は告別式にでも参列するような黒だった。

由愛はただ翔のことが心配なのだ。正直に言えば、翔と再会して心が躍った。今日だって早く会いたいと心が騒いでいる。かといって母親に腹の内を見透かされたくなかった。

「私は……同情なんかされたくない」

「典洋のためなの。由愛はお兄ちゃんがこのまま葬り去られてもいいの？　何ひとつ言い返せないまま」

由愛は黙った。

何か言えば母親は傷つくか、攻撃するかだ。由愛は誰も傷つけたくないし、誰からも傷つけられたくない。そんな生き方を選びたいのに。

最後に由愛が折れて制服を着ることで落ち着いた。伊代は典洋の遺影を黄色の風呂敷に包み、由愛に持たせた。

裁判所に来たのは初めてだった。まったく色も飾りもない建物に由愛の心がざわついた。

この建物に幸せを持ち込む人などいない。苦悩や怨念が毎日運び込まれるのだ。

由愛たちは一般待合に入った。しばらくすると男が一人入ってきた。伊代がすっと立って深々とお辞儀をする。男は弁護士で一木修と名乗り、丁寧に、由愛にも名刺を渡した。太い眉毛のせいで自信に満ちた表情に見えた。小柄な体にピッタリとしたスーツ。寝癖がついたままの髪は、時間に追われて生活しているようだった。

「私に任せて下さい。きっとお兄さんの無念は晴らしてみせます」

由愛は曖昧にお辞儀をした。伊代は緊張しているせいかトイレに立った。二人になると一木が話しかけてきた。

「この裁判に関して、何か望むことはありますか？」

「特には……」

「あなたはお兄さんを亡くされたわけですから、当然被告に対しては憎しみがあるかと思うのですが」

弁護士は由愛から負の感情を引き出そうとしていた。由愛にはそれが不快だった。兄の死後、ずっと家族は重苦しい空気のままだ。裁判に勝っても負けても、何かが変わるとは思えない。勝っても、ますます母親は、兄の世界に近い存在となるのではないか。

「もしよければですが、由愛さんにも、証言台に立って頂けないでしょうか」

弁護士の声は落ち着いていて、由愛が拒否するなんて、考えてもいないようだ。

「裁判を、やめさせることはできないのですか」

「どういうことですか？」

「もう母は疲れきっています。これ以上兄のことで、精神的な負担をかけさせたくないと思って」

言いながら由愛が思い浮かべたのは翔で、母の姿ではなかった。弁護士はそのままを信じたようだ。

「あなたのような年齢で、お兄さんのことで傷つき、お母さんを思いやり大変ですね。いや、だからこそ、きちんと裁判をやり通して、けじめをつけることが大切なのです」

「そう、ですか……」

理屈で弁護士に敵うはずがないと由愛は悟った。それに相手は裁判をするのが仕事なのだ。話し合いで、すんなり収まる世界なんて興味がないだろう。

ノックのあとドアが開いて伊代が戻ってきた。顔が青ざめていた。吐いたのだろうか、口もとを黄色のハンカチでぬぐう。

由愛は翔の話を思い出した。母は知っているのだろうか。スパイクシューズもはちまきも、黄色だった。そして遺影を包む風呂敷も。そういえば、スパイクシューズは見つかったのだろうか。兄の死後、遺品を整理していた母親が、兄のスパイクシューズがないと騒いでいた。

八百メートル走。一周四百メートルのトラックを二周、爽快に駆け抜けていたシューズだ。

翔は短距離走者だった。全国大会の参加標準記録十一秒二には届かなかったが、いつも県大会のファイナリストには残っていた。そういえばうちで残念会もしたっけ。その脚力が買われ、高校では野球部へ入った。もしかしたら中学の頃から、こっそり誘われていたのかもしれない。

兄の裁判なのに、由愛は気がつくと翔のことばかり考えていた。

「それでは行きましょう」

弁護士は時計を見ると廊下へ出た。二人のあとを由愛は歩く。

「ところで今日、ご主人は?」

「やっぱり仕事があって来られないと」

由愛は昨日の夜見た光景を思い出してぞっとした。キッチンの収納庫に酒のパックがミサイルのように並んでいた。

廊下の左右に部屋がある。簡裁受付、112号調停室、申立人待合室と、オレンジ色の板に白抜きのネームプレートだ。

突き当たりに飲み物の自動販売機があって、右に階段があった。狭くて比較的急だ。三階まで上がると右手にまた少し高くなった階段がある。その向こうが法廷だ。

「こちらです」

301号法廷と302号法廷が並んであった。一木が指さしていたのは手前の3

02号法廷だった。よく見ると301号法廷は「津地方裁判所・刑事部」と書かれ、302号法廷には「津地方裁判所・民事部」と書いてあった。

当事者入り口、と奥に傍聴人入り口がある。由愛たちは傍聴人だ。

ドアのすぐ横に掲示板があった。わら半紙が無造作に貼りつけてある。

由愛は何気なく目をやった。

【損害賠償請求事件

弁論（本人及び証人尋問）

原告・人見伊代　代理人・一木修】

そして由愛の目が被告の名前を捉えた。

【被告　切羽達也・他】

「これってどういうこと」

由愛は母親に聞いた。すぐに一木が説明した。

「裁判の原告はあくまでお母さんです。その代わりを私がさせて頂くということで、民事裁判では代理人と呼ばれます。ご理解頂け」

「じゃなくて……」

由愛は細い指を達也の名前の上に置いた。

「ああ、そういうことですか。被告は彼のほかに、当時の同級生が二名と、私立なので学校が相手です。主犯格というか、代表で彼の名前が書いてあります」

「典洋から、名前を聞いたことなかった？」

伊代に聞かれたが話がこじれそうで、今更辞めたバイト先のことなど話したくなかった。これで達也の態度がおかしかったわけが理解できた。しかし競技場で会ったとき、翔は達也のことは言っていなかった。どうしてだろう。同じ仲間だと思われたくなかったのか。

やめよう。

今考えるのはやめておこう。

「ぜんぜん知らない」

由愛は自分に言い聞かせるように言った。

「それではのちほど」

一木弁護士が当事者の入り口から入った。伊代は傍聴人入り口のドアの、文庫本ほどの覗き窓から中を見て、まだためらう。

「行かないの？」

遺影を持つ由愛の手がそろそろだるくなってきた。

そのときだ。向こうから黒いリュックを揺らしながら、あの男が小走りで駆けてきた。黒いズボンによれっとした白いカッターシャツ。母親がお辞儀をすると、さっそく由愛を紹介した。この人が大同要という新聞記者なのか。男は別段反応もなく、「あ、どうも」と先に傍聴席に入っていった。母親の表情から、何かを期待していたのは明らかだった。

由愛たちもそのあとについた。入るとそこは薬箱のような臭いがした。

三人掛け、四人掛け、三人掛けと、横に三列、縦に三列、席がある。

奥の、被告席を前にした傍聴席のあたりに学校関係者らの一団がいた。高齢の人や、教師らしき人もいる。その中にひときわがっちりと大きな男がいた。

一メートル八十六センチ、八十八キロ。聞いてもないのに達也はよく自慢していた。

由愛はすぐに目を逸らした。

翔を見たときのほうが心が動いた。翔も由愛に顔を向け、唇が何か言おうと動いた。

由愛はそばに行って何か声をかけたかった。

昨日の夜も伝えたい想《おも》いが言葉にならず、ラインできなかった。怖かった。裁判の傍聴も、やめようかと考えた。でも逃げてはいけない。ちゃんと知らなければいけないことがあると、自分に言い聞かせた。

翔の隣に、同じくらいの年齢の女性がいた。彼女も被告なのだろうか。

由愛と伊代は、傍聴人入り口のそばの狭い椅子に座った。クッションが見た目以上にやわらかだ。正面に目を向ければ、腰くらいの高さの木の柵が、法廷と傍聴席を仕切っている。その両端はスイングドアで、人一人が出入りできるようになっていた。

一木は目の前の机に資料を広げ、目を走らせていた。新聞記者の要は、どちらの味方でもありませんと言っているつもりなのか、中央列のいちばん前に窮屈そうに座る。柵とのあいだは十センチもないだろう。記者らしい人が、ほかにも二人ほどいた。

黒の法服をまとった書記官と事務官が、達也たちの一団に入り、証人尋問の順番などを確認していた。その様子を法廷の中から被告側の代理人弁護士が見つめる。

書記官は法廷の中に戻り時計を確認すると、内線電話の受話器を取った。書記官の後ろには、一段高く席が三つあった。左右が裁判官。中央は裁判長が座る。

まもなくして、由愛が木の壁だと思って眺めていた正面が左右に開き、黒の法服をまとった裁判官たちが登場した。誰が号令をかけるでもなく、全員が起立し頭を下げた。

座るとすぐに母親が遺影を自分の膝にのせ、風呂敷を取った。典洋が表彰台に立ったときの笑顔を引き伸ばした写真だ。贅肉《ぜいにく》のない精悍な顔が、傍聴席というこの場所では弱々しく見えた。

書記官が被告側の傍聴席に歩き女性を呼んだ。

誰だろう。由愛が左隣を見ると伊代が憎しみに満ちた目で法廷に入る女を睨んでいた。

証言台の前に立った女は化粧気もなく、うちひしがれた雰囲気を醸し出していた。服装も、まるで親しい人の葬儀から帰ってきたばかりのようだ。そういえば達也も翔もグレーのスーツだった。

氏名と職業を聞かれたあと、女性はつっかえながら、良心に従って真実を述べると宣誓した。長い髪が横顔を隠す。

裁判官が椅子を勧めると、崩れるように座った。

声が小さく聞き取れなかったが、主尋問が終わり一木の質問が始まると、由愛にもこの女性が兄の担任だった川谷梨花《かわたにりか》だとわかった。

一木は立つと、まずは学校やクラスのことなど、答えやすいことから尋ねた。

川谷は大学を卒業後、英語の教師となり、英文法を教えていた。そして三年目で初めて担任クラスを受け持った。典洋のクラスだ。

「ハンカチで口もとを押さえず、もっと大きな声で話してもらえますか」

裁判長が川谷に淡々と言う。原告も被告も、怒りも悲しみも戸惑いも、法廷では不純物のように取り除かれる。

一木はさっき由愛と話していたときと変わらず、落ち着いたトーンで質問する。

「川谷さんが教室にいることができる時間を教えて下さい」

「八時三十五分から十分間の朝礼と、三時十分から二十分間の終礼の間です」

「それ以外の時間は、あなたは教室にはいないのですね」

「受け持ちの授業以外基本的にはいません」

一木が何を探り出そうとしているのか、由愛は気になった。

「その朝礼、もしくは終礼のときに、クラスでのいじめが問題になったことはありませんでしたか？」

「ありません」

「まったくなかったですか？」

「まったく……」

川谷が髪をかき上げる。さっきまでの悲しみに暮れた視線が、挑むような視線に変わった。

「一般論として、いじめの問題を取り上げたことならあります」

「どういうふうにですか？」

「クラスでいじめがあれば、みんなで話し合おうと。どんなことがあっても、必ずいじめるほうが悪いと。だから前の壁にも標語にして貼ってありました」

「前の壁とは、どこですか？」

「黒板の横です」

「なんと書いてありましたか？」

「暴力はみんなの責任、と」

みんなという言葉に、由愛は思わずクスッと笑ってしまった。

学校はどこも同じで全体主義が好きだ。いじめはみんなが病んでいる証拠だと言った教師がいた。傍観者も悪いと諭す教師もいたが、そんな呪文は中学になると効果がなかった。人権学習のあと蹴られていた少年がいた。お前みたいないじめられるやつがいるから、こんな退屈な授業を受けなければいけないのだと責められていた。そして言われた。

早く死ね、と。

「その標語はクラスで考えたんですか？」

「それは、校長先生だったと思います」

三葉がいたら、きっと手を叩いてバカウケしただろう。校長から押しつけられるとかありえない、と。

「クラスで考えようということはなかったですか？」

「クラスでも話し合いました」

「何をですか？」

「クラスでいじめがあれば、みんなで話し合おうと。どんなことがあっても、必ずいじめるほうが悪いと」

さっきとまったく同じ答えだ。一木は苦笑いを浮かべている。

「質問を変えます。森《もり》結《ゆ》衣《い》さんをご存じですよね」

「……」

川谷が動揺して、学校側の代理人を見た。五十歳くらいで、弁護士だろうか口髭を蓄えゆったりと席に座っている。そして余裕を持って頷いた。

川谷が前を向き、「はい」と答えた。

「一年二組。あなたのクラスにいましたね」

「はい」

「森結衣さんはあなたに、典洋君がいじめられているので、なんとかして欲しいと相談しませんでしたか？」

川谷の返事が急に詰まる。予想外の質問だったのだろうか。

「はっきり覚えてません」

「自転車置き場であなたに話をしたと言ってましたが」

「普通の相談なら、受けたことがあります」

「普通とは、どういう相談ですか？」

「お弁当を誰と食べたいとか、好きな人とどうやったら仲良くなれるかとか」

「それだけですか？」

「……………」

「切羽君、神田君、堀部《ほりべ》さんの三人が、授業中後ろの席から消しゴムをちぎって、典洋君にぶつけている。休み時間、切羽君、神田君ほか数名の男子が、典洋君に肩パンチをしている。それをやめさせて欲しい。どうですか？」

「個別の問題としてなら、聞いていたかもしれません」

「聞いてたんですか？」

「ですから、いじめとしてではなく、個別の話としてです。消しゴムについては、ホームルームで指導しました」

「どのように指導したんですか？」

「物を大切に使うように、です」

「物を大切に、はぁ……。では、肩パンチとは、何をどうするんですか?」

「肩同士をぶつけ合う遊びで、男子はよくやっていました」

由愛は思い出した。教室でふざけ合っている男子がいた。肩同士ではなく、グーで殴っている生徒もいた。見たところいじめているとか、いじめられているとかいった様子は見えない。それは彼らいじめている人間からも、いじめを見たくない教師たちにとっても都合がいい。

「典洋君だけ集中的に受けていたんじゃないですか？」

「そんなことありません」

「なぜそう言い切れるんですか。あなたは朝礼と終礼以外は教室にはいなかったんですよね。当然目にしたこともないはずですが」

「それは……男子生徒がそういう遊びをしているので危険なのではないかと、職員会議で議題になったことがありましたから」

「そうじゃなくて、典洋君が集中的に、その肩パンチを受けていた。暴行ですよね、これは。それをあなたはなぜ、そんなことはないと言い切れるのですか？」

「それは……彼からそういう相談を受けたことがないからです」

一木があきれたように肩を落とす。由愛は話を聞きながら、どこかむなしくなってきた。

「さっきの消しゴムの話に戻ります。あなたの授業中にも典洋君を標的にして、後ろから投げられていたと、ほかの生徒から聞いていますが、何か指導されましたか？　それとも見て見ぬふりでしたか？」

「私の授業中にはありませんでした」

「なぜそう言えますか？」

「私は板書をするときも斜めに構えて、常に教室を見渡せるようにしていました」

学校側の代理人がそうそうと頷く。きっとこのへんは、細かい打ち合わせをしてあるのだろう。言い淀《よど》む箇所とすらすら答える箇所の差が激しい。

それにしても、本当にそんなことで兄は死んだのだろうか。

「クラスの席替えはどうやっていましたか？」

「それは、基本的には自由にさせていました」

「自由？　クジ引きとかではなく」

「はい」

「どうしてですか？」

「そうしたいと生徒たちが言うので、生徒たちの自主性に任せました」

「生徒たちではなく、切羽君たちではないですか」

「言っている意味がわかりません」

「典洋君の席はいつも決まっていましたか？」

「前の真ん中あたりです」

「切羽君、神田君、堀部さんは、どこでしたか？」

「後ろのほうだったと……」

「肩パンチについてですが……」

一木はまた話を戻す。これもひとつの方法なのだろうか。こんな教師なら生徒からなめられて当たり前だと由愛は思う。

「教室でやめるように話したことはありませんでしたか？」

「ない……です」

「どうしてですか？」

「職員会議で、まだ方針がはっきりと出ていませんでしたから」

「しかし典洋君が、みんなからそうしていじめを受けていたと、報告は聞いていたんでしょ」

「……」

　また川谷は詰まって俯いた。

「本当のことを言って下さい」

　ふいに川谷が顔を上げ学校側の代理人を見た。男の顔が険しくなった。沈黙が長くなる。

「あなたの知っていることを答えるんですよ」

　裁判長が川谷に注意を促した。川谷は前を向き、はっきりと言う。自分を励ますように。

「いじめの事実も、相談を受けたこともありません」

「なぜそう言えるのですか？」

「当時つけていたノートに、何も残っていませんし、彼がケガをしたという話も聞いていません」

「じゃあ、切羽君と殴り合いになったことも聞いていませんか。殴り合いと言っても、一方的に典洋君が殴られたわけですが」

「……」

「聞いていませんか？」

「知りません」

「数学の授業のあと、終礼の前だったそうです。そして目のまわりが明らかに殴られたように黒くなっていたと。知りませんでしたか？」

「気がつきませんでした」

「あなたの真ん前に座っていたんですよ。典洋君は。それでも、気がつかなかったのですか？」

「はい」

「なぜ、そう言い切れるんですか？」

「わかっていたら、何か声をかけていたと思います。私には声をかけた記憶がありません。声をかけた記憶がないということは、何もなかったということになります」

由愛はその日のことをはっきりと覚えていた。家に帰り手を洗おうと洗面所へ行くと、兄がしきりに目のまわりを冷やしていた。声をかけると驚いたように由愛を見て言った。

「これ目立つかな？」

「殴られたの？」

「うん、あ、でもボールが、そう、ボールがぶつかったことにするから。お母さんには……」

あのとき私、どうしてあんなに酷いことを言っちゃったんだろう。

思い出すたび由愛は息苦しくなる。

「川谷さんが担任をされていたとき、副担任の先生はおられましたか？」

「はい」

「何か相談はしましたか？」

「いいえ」

「副担任の先生は、なんというお名前でしたか？」

「あの、それは……」

「思い出せませんか？」

「はい、ちょっと」

「年齢はわかりますか？」

「それも、ちょっと……」

「三十代、四十代、五十代、というのもわからないですか？」

「記憶に残っていません」

ふいに一木は傍聴席の一団を見た。視線をとめたまま話す。

「副担任は名ばかりで、川谷先生はほかに相談できる先生がいなかったのではないですか。学校も川谷先生がどこまでもつか、困っているのを楽しんで傍観していたのではないですか。ゲームのように」

「そんなことはありません」

「でも、副担任の先生が何歳くらいだったかも覚えてない。川谷さん、あなたはほかの教師から、パワハラやセクハラを受けてはいませんでしたか？」

「……」

「今の質問はこの裁判に必要ですか？」

裁判長が質《ただ》す。

「取り下げます」

一木はさらっと答え視線を川谷に戻す。

「ところで、あなたは当時、生徒たちからなんと呼ばれていたか知っていますか？」

「知りません」

「透明先生、です。それでは、典洋君が亡くなった当日の話を伺います。三月三日の朝、川谷さんはどのようにして人見典洋君の死を知りましたか？」

「その日は試験で、朝の八時三十五分に教室へ行くと、人見君の姿がありませんでした。朝礼をすませ、四十五分に教員室に戻り、彼の家に電話をしても誰も出ませんでした。それから、五十五分に教室へ行き、九時から九時五十分まで生徒たちに試験を受けさせました。そして十時にもう一度、今度はお母さんの携帯に電話をしました。すると父親に電話をして欲しいと言われ、お父さんに電話しました。そして、十一時頃お父さんから電話がありました」

「お父さんは電話でなんとおっしゃっていましたか？」

「典洋君が……首を……吊っていると」

こらえきれなくなったのか、川谷は嗚咽《おえつ》を漏らし、ハンカチで口もとを覆う。それでも数秒でぐっとこらえ、また顔を上げる。このまま卒倒してしまってもおかしくないような、痛みに耐えている顔だ。

「そのあとあなたはどうしましたか？」

「山口《やまぐち》先生に連絡しました」

「山口先生とは？」

「陸上部の顧問です」

「なぜ学年主任や副担任の先生でなかったのですか？」

「それは……わかりません」

「そのあとどうしましたか？」

「本当に、正直よく覚えていません。ぼーっとしてしまって」

「午後、人見さんのお宅へ行かれましたよね」

一木が手元の書類を見て言う。

「はい」

「どういうことを話されましたか？」

「よく覚えて……あ、遺書があったとおっしゃっていました」

「内容は覚えていますか？」

「見ていないので……」

「いや、見ているはずです。携帯に遺書がありましたよね。いじめていた三名の名前が書かれてましたよね」

「見たかもわかりません。でも覚えていません」

「金銭トラブルがあったことは？」

「知りません。本当に何も知らないんです」

疲れてきたのだろう。川谷の声が感情的になった。しかし一木は機械のように質問を繰り出す。

「そのときあなたは何を感じましたか？」

「そのときは、どうして死んじゃったのかなと考えました」

「どうしてだと思いましたか？」

「わかりません」

「わかっているんじゃないですか？」

「失礼ですが、おっしゃっている意味がわかりません」

川谷の言葉遣いが丁寧になる。冷静になろうと、怒りの感情を抑えようとしている。

「三月三日、典洋君は学校に来なかった。あなたはどうして、すぐに彼の家に電話をしたのですか？」

「人見君がテストを休んだからです」

「休んだ生徒にはいつも全員電話をしているのですか？」

「いろいろです」

「このときはなぜ電話をしたのですか？」

「……」

川谷がまた黙った。

「あなたは二月二十七日、典洋君の陸上部の先輩である、福本宏明《ふくもとひろあき》君から、相談を受けましたよね。どういう内容だったか覚えていますか?」

川谷が救いを求めるように学校側の代理人を見ると、男は首を横に振った。川谷が前を向く。

「覚えていません」

「典洋君はラインで、もうこれが最後だから、今までありがとう、と福本君に送ったんですよね。不安になった福本君は、あなたに相談しましたよね。彼とすぐに話をしてあげて欲しいと」

「覚えていません」

「ぜんぜん覚えていませんか?」

「……はい」

「よく考えて下さい。あなた一人の問題じゃないんですよ。森さんや福本君は今も罪の意識にさいなまれているんです。自分の力でなんとかできたのではないかと。典洋君は死なずにすんだのではないかと。助けてあげられたんじゃないかと。今でも。それを川谷さんはどう考えているんですか」

「それは……思うのは、個人の自由です。受け止め方は、人それぞれというか」

「それでいいんですか、本当に。あなたが初めて担任を受け持ったクラスの生徒じゃないんですか」

「私だって……」

「……なんですか？」

「私だって、なんでも、ありません」

「言って下さいよ。それはあなたのためでもあるんですよ」

一木は川谷を見ていなかった。学校側の傍聴席を睨みつけていた。川谷が言いたくても口にできない事情で縛られているのは、由愛にもわかった。その悔しさを一木も共有しているのだろう。自分を落ち着かせるように大きく息を吸った。

「わかりました。それでは次に、三月五日の典洋君の告別式を最後に、あなたは学校に姿を見せなかったようですが、どこでどうしていましたか？」

「休んでいました。家で静かにしていました」

「どうしてですか。生徒さんたちのことは気になりませんでしたか？」

「気にはなっていましたが、精神的にまいっていた私を見て、学校が配慮してくれたのだと思います」

「学校から何か指示が出ていたのではないですか？」

「質問の意味がわかりません」

「あなたが心の動揺に任せて、学校に不利益なことを喋ってしまわないようにです」

「そういうことはありません」

「こちらからの尋問は以上です」

一木が質問を終えて座った。

由愛は、目の前で繰り広げられていた尋問が、何に対して、どれだけの影響があるのかわからなかった。母親を見ると、証言台から戻る川谷をずっと睨みつけていた。川谷は一度もこちらを見ることも、頭を下げることもなく、俯いたまま傍聴席に戻った。

その左手の薬指に、由愛は指輪を見つけた。この人にも日常があるのだ。それぞれの日常が無造作に法廷というフードプロセッサーに放り込まれ、みじんにカットされ、混ぜ合わされる。鼻を近づければ異臭しか放っていない。

# 8

川谷への証人尋問が終わると十分間の休憩に入った。裁判長が退廷すると空気が緩み、新聞記者の男が由愛の隣に来た。男の肩越しに学校の一団がぞろぞろ固まるのが見えた。尋問を終えた川谷は男性に付き添われ退廷すると、そのまま戻ってこなかった。

「こんにちは。改めまして、大同要です。また会いましたね」

さっき現れたときとは随分様子が違った。真面目そうなのは変わらないが、笑うと細い目がより細くなって優しい雰囲気になる。

堂々と名刺を渡した弁護士の一木と違って、名刺を渡そうかどうしようか迷ったあげく、名刺をぶちまけてしまった。しかも「これでおあいこですね」と、わけがわからないことを言う。この前店で、唐揚げをぶちまけてしまったことを言っているのだろうか。

「もしよければ、一度お話を聞かせてもらえませんか？」

拾った名刺を差し出す。

「はあ？」

母親が企てたのかと左に首をひねると、伊代も歓迎しているふうではなかった。かといって由愛の代わりに断ってもくれない。

「せめて名刺だけでも」

要が由愛の手に押し込むように名刺を置いた。仕方なく受け取ったが、そこから発展する話題もない。

「よかったら、連絡先を教えて下さい」

母親の目の前でナンパされているみたいで恥ずかしくなった。

「いや、いいです」

由愛は軽く拒否した。ふと視線を上げると、要の肩越しに、達也が笑いとも取れるあやふやな表情でこちらを見ていた。

再び裁判長が入廷し着席する。書記官が傍聴席にいた中年の男性を法廷内に招いた。要はもしよければ電話して下さいと言い残し、急いで最前列の席に戻った。

男が証言台の前に立ち、さっき川谷がしたように宣誓の言葉を述べた。

角張った顔にガッチリした体はスポーツで鍛えられている。余裕があるのか、勧められる前に自ら着席した。生まれてこのかた緊張のあまり吐き気や胃痛を感じたことなどないだろう。心臓から毛が生えたやつと、周囲から揶揄《やゆ》されていそうだ。

「まだ座らないで」と、裁判長から注意を受け、苦笑いで立つ。裁判長が氏名と職業を質す。

「池田健太《いけだけんた》。職業は教員です」

「もう少し具体的に」

「剣道を教えています。そして、訓育部長もやっております」

黒のネクタイを直す。一応弔意を表しているのだろう。この人と兄の死がどう関係あるのだろうか。由愛は顎を突き出し肩を反らした男の横顔を見た。

池田が着席すると、学校側の主尋問のあと、一木が立って証人尋問を始めた。

「訓育部長というのは、具体的にどういう仕事ですか?」

「生徒に日常生活の基本的な行動や習慣を教育するのが、まあ、私のメインの仕事です」

「今までに学校で、いじめが問題になったことがありますか?」

「人見君のケースまでは、まったくありませんでした。ああ、もちろん私は人見君のこともいじめだとは思っていませんが」

「まったくなかったというのは、おかしいですよね。先ほど川谷さんが職員会議で肩パンチが議題に上がったと言ってましたよね。聞いておられたはずですが」

「ああ、寝ていたかもしれません」

池田がとぼけると裁判長が初めて顔色を変えた。

「ここは法廷なんですよ。あなたは被告側の証人として、そこにいることを忘れないで下さい」

ふざけんなよ、と由愛ですら叫びたいほどなのに、裁判長にむかってまあまあ、と池田は手のひらをなだめるように動かす。

「それでは、その典洋君の件ですが、彼が亡くなったあと、全校調査を行いましたよね」

一木が冷静に質問を続ける。

「そんな大げさなものではありませんよ。一応聞き取りを行ったという感じですね」

「一応？　じゃあ、なんのための聞き取りだったんですか」

「まあ、今後生徒たちの指導をどうしていくか、方向付けるためです」

「結果はどうだったんですか？」

「それは、聞き取りの結果用紙を御覧頂ければわかると思います。提出しましたよね」

池田は小バカにしたように笑っていた。その理由がすぐにわかった。

「これを見て、何がわかるんですか」

一木が手に持った紙の束を叩いた。乾いた音が法廷に響く。

「名前以外、すべての欄が黒く塗りつぶしてありますよね。なぜこんなことをしたのですか？　いじめについて具体的に書かれていたからじゃないのですか？」

「いえ、違います。個人情報保護の観点からそうしました。常識です」

「じゃあ伺います。森結衣さんと福本宏明さんからは、聞き取りをしていないのはなぜですか」

「二人のショックが大きかったから、聞き取りできなかったのかもしれませんね」

「二人は、呼ばれなかったと言ってましたが」

「どういう行き違いがあったのか、それは、担当された先生に聞いてみないとわかりませんね」

「聞き取りは、あなたがしたんじゃないんですか？」

「いや、違いますね」

「どの先生ですか？」

「わかりません。特定はできないと思います」

「特定できない先生に、どうやって聞くのですか？」

「それはそちらで考えて下さいよ」

「典洋君の担任だった川谷さんも、聞き取りに参加させなかったのはなぜですか？」

「あぁ……それは川谷先生も随分とショックを受けておられたので、休んでもらいました」

「無責任ではないですか？」

「生徒を守るのもそうですが、教師を守るのも、私たちの重要な職務だと考えています」

「この聞き取り調査の原本は、今、どこにありますか？」

「あぁ、どこにもありませんね」

「どうしてですか？もともとは紙媒体だったはずですが」

「紙は、スキャンしてパソコンに保存したあと、廃棄したようです」

「重要な書類ではなかったんですか？」

「いや、重要かどうかというより、先ほど言ったように、あくまで生徒たちの日常生活を把握するために行ったわけです。人見君に限定したわけではありません。そして調査の結果、いじめはありませんでした」

「じゃあ、先ほど川谷さんが話していた、消しゴムを典洋君にぶつけていたのは、いじめではないと考えるわけですか？」

「はい。ほかの生徒にも当たっていましたから」

「パソコンに残したデータは、今も見ることが可能ですか？」

「ああ、それもなんか、学年が変わる際に、引き継ぎの誰かが削除してしまって、残っていないそうです。困ったものです」

川谷とは違い、池田は何を聞かれても返す言葉を持っていた。それが嘘だとわかっていても、法廷という場所では通っていくのに由愛は驚いた。

一木もあきらめてはいない。なんとか学校の責任を明白に印象づける言葉を引き出そうとする。

刑事訴訟なら証拠や証言で有罪無罪を導き出せるが、これは民事訴訟だ。しかも自殺の責任が学校と被告三名にあったかなかったかの認定だから、印象に頼るしかない。

ここに明らかな暴行や、恐喝があれば別なのだろうが。

「典洋君が亡くなったあと、保護者説明会を一度だけ開きましたよね」

「あぁ、はい」

「そのとき数名の保護者から、典洋君と同じように彼ら三名から、自分の子どもがいじめを受けていると声が上がったそうですが、それに関して学校として、どのような対応をされましたか」

「ああっと、それは確か、スクールカウンセラーの南《みなみ》先生と相談して、しばらく様子を見ようと」

「誰の様子ですか？」

「ですから、いじめられているという生徒です」

「切羽君たちはその後、どうしました？」

「香川県の高校へ転校しました」

「その高校は学校が用意したのですか？」

「私たちとは、関係ありません」

「神田君に関しては、大学の世話もしていますよね」

「知りません」

由愛は翔を見た。達也とは対照的に、うなだれて、手の指を何度も組みかえていた。

「じゃあ、最後に伺いますが、人見典洋君は、なぜ自殺したと思いますか？」

「知りません。もう終わったことですから」

そのときだった。母親が震える手で由愛の手を握った。

由愛は母親を見て言った。

「帰ろうか?」

母親は首を横に振る。これほどまで酷いことを言われても裁判をするのはなぜだろう。

一木がまるで勝負を挑むように、前かがみになった。

「終わっていませんよ。終わっていないから、あなたはここにいるのではないですか」

「じゃあ、あえて言うなら、彼は弱かったということでしょう。そして、百歩譲って、人見君がいじめられたことがあったとしても、自殺と直接結びつける要因にはなりません。もちろん彼の自殺を教訓にして、学校もさまざまな取り組みをしています。学校へ来てそのへんのところ、ちゃんと見ましたか。それから、私が今ここにいるのは、呼ばれたから来た、それだけです。あなただって、お金もらって頼まれたから、弁護しているだけでしょ」

「証人は正面を向いて、聞かれたことだけ、簡潔に答えて下さい」

裁判長が注意した。一木はそこで尋問を終えた。

いよいよ達也か翔の番だろうと由愛は身構えたが、裁判長と双方の弁護士は、次回開廷に向けてスケジュールの調整に入った。なるべく詰めてやりたいと一木の声が聞こえた。

翔の顔がどことなくほっとした感じになり、帰り支度を始めた。

伊代は膝にのせていた典洋の遺影を、また静かに黄色い風呂敷で包むと、由愛のことなど忘れたように法廷を出ていった。

裁判官たちも去り、誰もいなくなった証言台を、由愛はぼんやり眺めた。兄はこんな風景を見たかったのだろうか。兄の命はこんなにも軽いものだったのか。

「大丈夫ですか？　もう閉めますよ」

事務官がそっと由愛を促した。

母親の軽自動車に乗り込もうとしたときだった。裁判所の裏の駐車場から、車が現れた。達也が乗っている青のスポーツクーペだ。由愛は嫌な予感がして、慌てて助手席に乗り込んだ。

その車はそばを通過するとき思い切りクラクションを鳴らし、開けた窓から汚い言葉を達也が叫んでいた。

「何あれ？」

母親が怯えた表情を見せた。

「アタマおかしいんだよ。きっと」

由愛は目を閉じ唇を噛《か》んだ。この感情はなんなのか。悲しさか、悔しさか、それとも由愛の知らないもっと違った感情なのか。

どうして兄の死が原因で、こんな押し潰されるような屈辱的な気分を味わうのか。

「こんな裁判、もうやめようよ」

由愛の声に母を振り向かせる力はなかった。

伊代は黙ったままエンジンをかけた。


夜、お風呂に入っても体の芯から冷えていくような気がした。

体を温めようと、由愛は階下へ下りた。リビングにもダイニングにもキッチンにも、誰もいなかった。

ハーブティーを淹《い》れるため、由愛はお湯を沸かした。

母親は二階の奥にある兄の部屋に引きこもっている。今日の裁判の報告を改めてしているのだろう。涙ぐみながら、兄が使っていた枕を抱きしめているだろう。父はまだ帰ってこない。棚を開けると、お酒のパックが増えて並んでいた。

カモミールのティーバッグをマグカップに入れお湯を注いだ。蓋をして三分待つ。

空っぽの室内を見ていると心が痛む。リビングのソファに、本当ならそこには、父親がいて、母親がいて、兄がいて自分がいて、楽しげな会話が弾んでいるはずなのに。リビングにあったテレビは、兄の思い出に浸るため、母親が兄の部屋に運んだ。夜ごと生きていた頃の兄の映像を繰り返し見ているのだ。

初めて笑った日。

初めて歩いた日。

初めて怒った日。

どの映像も以前は家族みんなを笑顔にさせた。

今、家族の誰かが笑うときは、必ず一人だ。

リビングの若草色のソファに座り、マグの蓋を取った。

ふんわり、かすかに蜂蜜の混ざったような、カモミールの香りが部屋に満ちた。

ひと口飲み、由愛はようやく何に疲れているのか理解できた。大脳がようやく感情に言葉を与えた。

空虚。

あんな誠実さのかけらもないやりとりで、いったい何が得られるというのだろう。

「覚えていません」「知りません」「聞いていません」

あの人は、あんなものを見るために、お金をかけて裁判を起こしたのだろうか。初めて裁判を見たせいか、由愛は誰かに聞いてみたい衝動に駆られた。自分が感じたことの不確かさを、誰かに抱きしめてもらいたかった。できれば、それでいいんだよ、と言って欲しかった。ただそれは、母親でも、三葉でも、そして翔でもない。ふと真面目そうな要の顔を思い出した。名刺に携帯の番号があった。要ならきちんと答えてくれそうな気がした。

スマホは部屋にある。取りに行こうか迷ったとき、ドアが開いて伊代が入ってきた。伊代はやはり泣いていたようで瞳が濡れていた。由愛の隣に座ると、不器用に微笑もうとする。

何か言わなければと思ったのだろうか、かすれた声が尋ねた。

「どうだった」

母と娘なのに適切な言葉が思いつかない。

「つらかったでしょう。典洋の話を聞くの」

つらくはないと、心の中で答えた。法廷にいたときから持ち続けていた疑問ならある。

「お母さん、あれでよかったの？」

「仕方ないわよ。こうでもしないと、誰も姿を見せないんだから。聞いててわかったでしょ。誰一人として罪を認めない、反省もしてない。でもね、お母さん絶対に謝らせてみせるから」

「本当にそんなことできると思っているの？」

母親が遠くを見る目は本気だ。

「人を傷つけておいて、死に追いやって、あんなぬけぬけと。私は一人でも闘うつもりよ。一人でも……」

母親の声が震えた。少しずつ母が壊れていくのが見える。

誰かを傷つけて気がつかないのはみんな同じだ。母親だって自分だって。

「謝罪させたら死んだ人が喜ぶの？　それって思い上がりだよね。生きてる者の」

由愛は言ってみたが、もうそのとき母親の姿はなく、カモミールティーもすっかり冷めてしまっていた。

そして次の朝、母親はまた起きてこなかった。由愛は自分で朝食の支度をし、弁当も作って、おかげで学校へは一時間遅刻した。

# 9

大同要は早番出勤で、朝刊各紙の地域面に目を通していた。新聞を、資料台と呼んでいる部屋の中央にある広い机に広げる。土地柄だろうか、三重県は凶悪な犯罪は少なく、のどかな記事が多い。

明和《めいわ》町で斎王《さいおう》の物語が漫画になった。

五色椿《つばき》が浄得寺《じょうとくじ》で見ごろ。

事件といえば、津市芸濃《げいのう》町で自治会費横領くらいなものだ。窃盗や盗撮、交通事故、覚醒剤。短信といわれる小さな記事が多い。

「おはよう、要君ちょっといいかな」

出社するなり、デスクの坂上が声をかけてきた。

「なんでしょう」

要は立って、坂上の席に歩いた。椅子に座った坂上は、中途半端な笑みを浮かべ、バッグから大きな水筒を取り出す。いい話ではないようだ。

「何か？」

坂上の顔色を窺《うかが》いながら聞く。

「いじめ裁判の件だけど、あれ、もういいから」

「えっ、どういうことですか？」

「どういう形であれ、記事にはしないから、取材はしなくていい」

要は理由を聞くべきか迷った。坂上は決定事項をとやかく言われるのは好まない。そしてみんな言い争うことなく、「わかりました」と答える。今日の要は、すぐに反応できずにいた。しばらく返事を待ったが坂上は何も言わない。

「何かあったんですか？」

「いや、別に」

坂上がパソコンを開く。

「だってこの前は、とりあえず任せるって言ってたじゃないですか。ついこの前ですよ」

「じつはな、ちょっとした知人の、まあ娘さんが、そこの高校に入学してな。せっかく、心躍らせて新生活を始めたのに、そういうニュースが流れると、プラスにならないと」

「高校ってどこの？」

典洋が通っていた私立高校のことか。

「だからほら、死んだあの子の……」

坂上は人見典洋の名前さえ覚えていない。伊代の嘆きが少しだけわかった。

「ちょっとした知人って、誰ですか？」

「それは要君には関係ないよ。それに確かにその人の言う通りだし」

「いやいや、それはないでしょう。取材しているのは僕ですよ」

「しつこいなぁ。もう、いいだろ」

坂上はこれ以上話す気はないと、手を振った。

「はあ。わかりました」

要は、新聞を開いたままだと思い出し振り向いた。美奈が片付けてくれていた。

「あ、ごめん。ありがとう」

美奈は笑って、「貸しだから覚えといて」と指をつんと立てた。そして要の耳もとに顔を寄せると小声でささやいた。

「きっと今つきあってる女の、娘だよ」

坂上に愛人がいるのは知っていたが、子どもがいるなどと、気にもとめていなかった。こういう情報はやはり女性社員のほうが鋭い。大阪にいる奥さんは、どうしているのだろうか。この前坂上と飲んだとき女性社員の噂話を気にしていたが、自分の心配をすべきだろう。女性は男性以上に、ときに残酷になる。

午前中は、タケノコの出荷がピークになったことの取材だった。多気《たき》町では農家六十戸で十トンあまりの出荷を見込んでいる。それでも今年は裏年《うらどし》に当たるため、半分の量なのだとか。

取材を終えて昼食のことを考えた。少し蒸し暑さを感じ、要はざるそばにしようと思った。行きつけの専門店があるが、ヒトミと呼ばれていた店長が気になって、パチスロ店を目指した。あの食堂にざるそばはなかったが、まあ、かけそばでもいい。

店に入ったとたん、どんよりとした空気を感じた。

「いらっしゃいませ」と、店長の声がした。パートのおばさんは帰ってもらったのか店内にいなかった。帰るその前に、こっぴどくおばさんから口撃を受けて疲弊しているのかもしれない。

要はチケットを買い、山菜そばを注文した。

湯気の上がったどんぶりをカウンターに置くとき「ああ、この前の」と、店長はちょっぴり笑顔になった。

「どうも」

要は職業柄、典洋の自殺に関する情報を引き出したくなったが、いや待てと思い直す。そうだった。デスクの坂上からもう手を引くように言われたばかりだ。突っ走ってはいけない。

さっき美奈からも、仕事メールの最後に、【今日のあなたの運勢・クールダウンが必要でしょう】と冗談っぽくつけ足してあった。

山菜そばをすする。そういえば店の前に、「こだわりダシで食う、うどん・そば」のウエルカムボードが立っていた。客を呼ぶために、それなりの努力はしているようだ。

そばをすすりながら、ふと店長の動きが目にとまった。四枚ドアの業務用冷蔵庫の前にしゃがみ右下の扉を開けると、パックから素早く透明の液体をコップに注ぎ入れた。ここからは離れていて、パックの名前は見えないが、まさか……。

店長は要から最も遠い位置に移動すると、水を飲むようにそれを口に運んだ。ひと息に飲む。酒だ。匂いを消すためか、店長はすぐに、水道水で口をすすいだ。

相手がまったく知らない人間なら気にもならないが、要は放っておけなかった。

「昼間からいいんですか」

「えっ？」

「お酒……ですよね。今飲んだの」

要が店長の手元を見ると、苦笑いで、「あ、これ水ですよ」と答える。

「いや、それは水だけど、その前にパックからお酒を注いでましたよね」

店長は要がスマホを出しているのを見ると「もしかして、撮ってたんですか」と、急に怯えた顔になった。

要は黙っていた。

「まさかあんた……本部の人？　ちょっとずるいよ。ほんと頼むから、今のは見逃してよ。いつも飲んでるわけじゃないし、仕事もちゃんとしてるし。ほら、看板置いたの見てくれたでしょ。そういうとこ評価してよ。お金もごまかしてないしさ、ちょっとストレスが溜まっちゃって。それよりあなた、人が悪いよ。本部の人間ならそう言ってよ。そうかこの前は演技してたんだ。ほらエリマネが来てたとき。他人みたいな顔をして。あのあとエリマネってなんですかって聞いてましたよね。けっこう芸が細かいんだ。イヤー、まいったな」

「すいません。僕は本部の人間とかじゃないですから」

勘違いされてむしろ名乗りやすくなった。

「新聞記者なんです」

要はカウンター越しに名刺を差し出した。店長は「大同要……ああ」と、曖昧につぶやきながら名刺を手にした。ほっとしたようで、その顔から悲愴感が消えていた。ただすぐに、眉をひそめ要を見た。

「もしかして息子のことですか？」

「人見伊代さんの、旦那さんですよね」

まずは人定《じんてい》だ。とんだ勘違いで、余計なことを話してしまったと、あとから悔やむこともある。

「そうです。じゃあ、あなたが典洋のことで取材をしていると言ってた記者ですね。伊代からなんて聞いてるか知りませんが、私だって無関心なわけではないんです。典洋のこともずっと私なりに考えてます。ただ、記者さんもご存じのように、ほらこの店、店長が続かなくて、この前もみっともないとこ見せちゃったじゃないですか」

よほどストレスが溜まっているのか、もともとお喋りなのか、最初会ったときの無愛想な態度とは随分と違った。

「とにかく働かないと。あなたの年代と考え方は違うかもしれませんが、子どもにはちゃんと、自分の夢を叶えさせてあげたいんです。息子にも、どういう仕事を選んでも、どういう生き方を選んでも、それはお前の自由だって言ってたんですけど、まさか……ねえ」

父親がまっとうに息子のことを気にとめていることを知って、要はいくぶんほっとした。と同時に、やはりこれほど愛情に包まれてなお死を選ぶのはどうしてなのか、やりきれない思いが残る。

家族にとって、本当に必要なものはなんなのか。子どもにとって本当に必要なものはなんなのか。それとも近頃よく耳にするように、家族という形態そのものが、今の社会では、子どもを、そして親を虐げているのだろうか。

「でもやっぱり、お酒はダメでしょ」

「大丈夫。そんなに飲まないし。帰るときには醒《さ》めてますよ」

そういう問題じゃないでしょと、要は苦笑した。そしてそれ以上に危険信号を感じた。アルコールに満たされ、体が温かくて心地よいときを脳が日常の基準として受け取るようになる。このあとにくる状態を考えると、要はぞっとした。由愛のことまでも心配になってきた。

「いや、家族だってね、もう何も私に期待していませんよ。じつはね、前に一度酒でしくじっちゃってね。あのときは場を盛り上げようと、一気に飲んだからいけなかった。急性アルコール中毒で救急車のお世話になって。最近の若い人って、あんまりお酒飲まないでしょ。だから、まあ、ちょっとずつ飲めばいいんですよ」

何がだからなのか、一生懸命に言い訳をしているだけにしか聞こえない。逆に要に質問を向けてきた。

「あいつは何か言ってましたか、伊代は?」

「いえ、特には」

「そうですか。伊代に会ったんならわかったと思いますが、あいつの頭の中はずっと典洋のことでいっぱいなんです。私がね、どれだけ疲れ果てて帰っても、顔も見せない。お疲れさんの言葉もない。私はいったい誰の、なんのために働いているんですかね。虚しいですよ。あぁ、こんな話、あいつには言わないで下さいね。そこまで情けない男だと思われたくないから」

果たしてそうなのか。情けなくて何がいけないのか。妻にだからこそ、言うべきなのではないだろうか。

そういう要も、肝心なことを美奈に言えないまま交際が終わってしまった。

「ところで裁判のほうはどうなっています? 正直、これ以上は金銭的にも……」

「裁判の結果がどうなるか、僕にもわかりません。あと二、三回審理があって、判決になると思います」

「賠償金は……」

「それもわかりません」

請求額は一億円だがまず無理だろう。伊代が望んでいるのもお金ではない。謝罪だ。

「あの、お名前を伺っていいですか?」

要は仕事柄、夫や妻でなく、ちゃんとした名前を聞かずにはいられない。聞けばますますこの件を終わらせたくなくなるとわかっていても。

「タカミチと言います。高低の高いに道路の道です。私はずっと道を歩いてきた人間で、息子にはもっと広い世界へ出て欲しいと、洋の字をつけたんですが。もっと遠い世界へ行ってしまいました。ははは」

この人も傷ついているのだ。冗談を言うことで気を紛らわせようとしている。要は申し訳ない気がした。この仕事をしていると、つい入ってはいけない領域にまで足を踏み込んでしまう。

「すみません。仕事中にこんな話をして」

「いや、かまいませんよ。正直私も、誰かに話したかった。それにもう暇な時間だし。そばなら完食するんですね」

高道は言いながら、要が食べ終わった器を引く。この前、カツ丼を残したことを覚えていたのだと驚いた。

「うちの娘もそうでね。昔から、よく出されたものを残すんです。だから太れない。おたくも細いですね」

「由愛さんとは裁判所でお会いしました。確かに細いですけど、女性は痩せてるほうが、何を着ても似合うからいいじゃないですか」

女性として由愛を意識してないのに、要はなぜか緊張した。

駐車場で車に乗り込みながら店内を窺うと、ガラス窓越しに、高道がまたコップを手にしているのが見えた。

水だろうか。それとも……。

要の心がざわついた。

古市久志が開設した、「ふるいちひさし・家族と心のケア相談室」は、静かな住宅街の、坂道を上りきった場所にある。ぱっと見、診療施設とはわからない佇《たたず》まいだ。二階建て洋館風建物の門には、ハートマークの表札がある。ピンクの板に水色の文字で施設名が書いてある。庭のバラやクリスマスローズは、奥さんが世話をしている。バラはよく見るとつぼみが膨らみかけ、クリスマスローズは白や淡い紫の花をつけていた。

相談者の心の状態に合わせ、一階と二階の二つの部屋が用意されている。

要は一階の庭に面した部屋の扉を開けて話すのが好きだ。

「今日はお小遣いが余ったので、九十分でお願いします」

淡いレモン色のセーターを着た古市が待合室に現れた。にこやかに微笑む。

診察室へ入ると、庭に面した扉は今日は閉まっていた。要の表情を見て、日が落ちればすぐに冷たい空気が入り込んできますからと、古市が言う。乳白色のテーブルをはさんで、二人は座った。古市は要の少し斜め前だ。

古市は二十七年間の精神医療と八年間の私設心理相談の経験を持つ。

もとはといえば、要が引きこもりの取材をしているときに出会った。その後試しに自分の悩みを聞いてもらい、少しずつよくはなっていると自覚している。もっとも今日は美奈と上手くいかなくなったことを話さなければならない。気持ちとしては、親しい親戚のおじさんが話を聞いてくれている感じだ。

「何か特別なことでも？」

九十分の予約をしたことで、いつもとは違う空気を読み取ったのだろう。表情は変わらない。丸顔に、少し厚ぼったい唇。眼鏡の奥の目は、温厚という言葉そのままだ。年を重ねたらこんなふうになりたいと要は思う。

美奈は、九十分八千円の相談料金を高いと言うが、要は安いと思う。体のことならすぐにドラッグストアへ走るくせに、自分の心だとお金を使わず、心的外傷や引きこもり、そしてDV（ドメスティックバイオレンス）が、手もつけられないほど悪化するまで放置しておくほうがよほど理解できない。もっとも美奈は精神医療とは今のところ無縁だろう。

「じつはあとで、僕のこと以外にも、相談に乗っていただけないかと思いまして。よろしいでしょうか？」

「それは、あなたの相談でもあるわけですよね」

「そう、かもしれません」

「よろしいですが、条件があります。私が話したことをそのまま鵜呑《うの》みにしたり、その方に伝えないで下さい。本来ならまず心理検査をして、それから心のケアになります。治療は向き合ってすることで初めて効果が現れます」

「よくわかっています。先生にはご迷惑はかけません。できれば直接相談に来てもらえるように、働きかけたいと思っています」

「そのほうがいいですね。こちらも潤いますし」

古市は冗談をはさみながら話す。ちらっと時計を見た。

「ところで要さんは、その後いかがですか？」

要は姿勢を正し「それが……」と、視線を落とした。「今度こそ上手くいくと思っていたんですが」

「……それは、具体的に話せますか？」

「ええ、彼女が料理を作るというので、夜、住んでいるマンションへ行きました。玄関で出迎えてくれた彼女を見たとたん、何か違うなと感じました」

言葉が途切れる。しばらく沈黙のあと、「何かが違うと、思ったのですね」

古市が静かに要を見る。

「はい。彼女の部屋を訪れたのは四度目でしたが、今までは感じませんでした」

「彼女を見て、そう感じたのですか？　まず、ドアを開けるところから思い出してみて下さい。ゆっくり」

古市の声は、適度な温《ぬく》もりと湿り気を含んでいた。部屋の中はいつも枯れ葉のような懐かしい匂いが漂っていた。

「玄関を開けて、彼女が出迎えてくれました。目がキラキラしていました。ああ、そうだ。今日こそちゃんとしなきゃと思ったんです」

「ちゃんととは、どういうことですか？」

「セックスを」

「しなきゃいけないと、思った……」

「彼女はたぶん、僕にとって、特別な存在なんです。思いやりがあって、一緒にいて楽しいし。だからこそ傷つけたくなくて、早く別れるべきだと自分の気持ちが明確になりました」

「彼女は特別なんですね。傷つけたくない」

「今までは、女の子とつきあっても、どうせ僕は結婚できないからと思って、すぐ体の関係になってたけど、彼女は違った」

「今まで出会った女性とは違ったのですね」

「そうです。どう違うって聞かれると困るんですが」

そして要は白い壁をぼんやりと見た。

「光でいうと、どんな光ですか？　彼女は」

「光ですか……。あぁ、雨上がりに、さあーっと、雲のあいだから差し込む光です。

温かで、なぜか、ああよかったって思うような」

「空はそのあと、晴れてきますか……目は開けて下さい」

要が目を閉じてイメージしようとするのを、古市は止めた。

「それは、わかりません。晴れて欲しいとは思います」

「それから食事をされたのですね」

「その前に手を洗いました。彼女はけっこう綺麗《きれい》好きでうるさいんです」

古市は微笑んで頷く。

「それは僕も嫌じゃないです。1LDKの部屋はいつも清潔で片付いていて、ああ、小さな寝室があるのですが、そこへは入ったことがありません。食事は彼女の部屋に白くて丸いテーブルがあって、そこに用意してありました。僕は彼女と向き合って座りました。カーテンは無地の黄緑色でした」

古市は眉ひとつ動かさず聞いた。瞳は見ているのと眺めているのとの中間くらいのまなざしだ。そして要は、少したためらったあと話し始めた。

「……それで、前にも話したと思うのですが」

「前の話とは、どの話でしょうか。教えて下さい」

「それは……僕の母親は、父親からの暴力に耐えかね、僕を見捨てて逃げました。

父親はそのあと、アルコール依存症になって、僕が小学四年生のときに自殺しました。母親がいなくなってから一年も経っていなかったと思います。だから……いや、だからじゃなくて……僕は怖いんです。結婚して子どもが生まれても、僕はその子を愛せないかもしれない。結婚を考える相手には、そのことを全部打ち明けたい。知っておいて欲しい。突然僕が、理由もなく涙ぐんだとしても、変な目で見ないでそばにいて欲しい。でも、僕が打ち明けたとたん、どんな反応が返ってくるのか、それが怖いんです。今までつきあっていた人とは、駄目になってもいいと思ってつきあっていたけど、今度もそう思って始めたはずの恋だったけど、途中で、どうしようもなく、彼女が大切に思えてきて、彼女を傷つけたくないし、自分も傷つきたくない。そんなことを考えているうちに、気分が沈んで……気がついたら、彼女がせっかく作ってくれた料理が、もう食べられなくて。それだけじゃなく、気分が悪くなって、トイレで吐いてしまったんです。最低です」

「吐いてしまったんですか……」

「はい」

「要さんは子どもの頃、お父さんとお母さんの三人で暮らしていたんですよね」

「はい」

「お母さんがいなくなって、あなたはお父さんと二人になった。お父さんはその後アルコール依存症になって、亡くなった。要さんは、結婚を考える相手には、ご自身の生い立ちを知っておいてもらいたいが、それを告白することで、二人のあいだが上手くいかなくなってしまうのが、怖いのですね」

要はしばらく考え込んだ。

「……少し、違う気がします」

「違いますか……」

「僕は彼女を傷つけたくないんです。それをあんなことしてしまって」

「吐いてしまった、ことですか？」

「そうです」

「そうですか……先ほど、今度は上手くいくと思っていた。そうおっしゃいましたよね。今は、後戻りできないような状況ですか？」

「それは、わかりません。ただ、そのあとドライブしたとき、彼女にはやはりつきあわないほうがいいと言いました。彼女からの言葉はありませんでした」

「彼女は何も言わなかったのですね」

「困ったような、悲しそうな顔をしていました」

「お父さんが、アルコール依存症になった話は、今日初めて話されましたよね」

「そうでしたか。もともとお酒が好きで、よく飲んでいました。母親に暴力を振るっていたときも、お酒を飲んでいました。母親が出ていってから、さらに酒量が増えて、僕に向かって怒鳴り散らしたり、殴ったり、蹴ったり。でも怒りは長続きしなくて。そのうち、くそうって、大声出して……泣いていました。父親は寂しかったのかもしれません。この前、先生から、虐待の連鎖というのは、マスコミが使い勝手がいいから言ってるだけだって、そう言われて、ほっとしたんです。無条件に僕も、あんなふうになってしまうのではないかと恐れていましたから。ほっとして、そうしたら少しずつ、父親のこともちゃんと考えられるようになりました。一人の人間として。ただ、父親の寂しさを受け入れることは、母親の苦しさを裏切るような気がして、まだ自分の中でも、ざわざわしています」

「大丈夫です。あなたは充分に自分をコントロールする力を持っています。人が暴力を振るってしまうのは、素性ではありません。脳が発達する機会を奪われたからです」

「確か海馬が右脳側頭葉に、怖かった出来事を保持するんですよね」

「そうです。そのために、同じような状況になったときや、人の声や表情、臭いまでが引き金になって、その恐怖心から逃れるため暴力を振るったりします。でもあなたは知っています。違った方法で解決できることを」

「それでも僕は、父親の寂しさを認めることには、罪悪感を覚えてしまいます」

「罪悪感ですか?」

「だってそれは、母親は、父親から暴力を受けて……」

「つまりそれは、要さんがお父さんを肯定的に考えることが、お母さんに対して申し訳なく思えてくるということですね」

「そうです」

「ところで彼女は、夕食を作ってくれたんですよね」

「はい」

「何を作ってくれたか、よければ教えて下さい」

「肉じゃがです。あと、カレー味のポテトサラダと、カツオのお刺身です。マリネ風にしてありました。高校で調理クラブに入っていて、大根のかつらむきだってできると自慢していました」

「なのに、彼女を悲しませる結果になってしまったんですね」

「僕が悪いんです。勇気がなくて、緊張してしまって。なんか、嫌な気がしていました」

「予感ですか？」

「そう、ですね」

「彼女に別れを切り出すより、自分の生い立ちを話すほうが勇気がいるわけですね」

「おかしいですよね、こんなの。無理にわかってくれなくても、けっこうです」

「私があなたのことを、カウンセラーとしても友人としても、ハイわかりました、などと言うことは絶対にありません。でも、大事なのは、あなたがあなた自身をわかろうとすることではないですか。私はそれを、脳が行動していると呼びます。少なくとも彼女は、あなたのことをわかろうとした。だからあなたを、部屋に招いて、手作りの料理を振る舞った。そしてあなたも彼女のことをわかりたいと思っている。だから悩むんです。そしてあなたは、あなた自身のことをもっとわかろうとしてここへ来た。それはとてもいいことだと思いますよ」

「いいことなのに、上手く進んでいかないのはどうしてでしょう」

「上手く進むというのは、要さんの中で、どうイメージしていますか？」

「それは、両親のことを、こんなに鬱々と考えずに、彼女とも普通の恋人になれることです」

「普通とは、どういう形なんでしょうか？」

「普通は普通です」

それ以上、要には言葉が浮かばなかった。黙っていると古市がペンを置いた。

「続けますか？」

「いや……」

「じゃあ、少し休みましょう」

古市は穏やかに言うと、要のために立ってホットココアを作った。古市はコーヒーだ。紅茶やハーブティーも準備してある。

問題解決へのサポートや、ときにアドバイスをするのがカウンセラーの仕事だが、そもそも相談者に想像力がなければそれは難しくなる。まずは想像力を鍛えなければいけない。そして言語化しながら、自らの意思で未来を選択する。

人が前に進めないのは、想像力の及ばない、この先どうなるかわからないことから生まれる恐怖心から逃げようとするからなんですよ、と以前取材したとき古市は語っていた。

そのときは、わかったようなわからないような話だと思っていたが、自分がクライアントの立場になると、考えただけではどうにも動かない脳の部分があると知った。カウンセリングは、想像する脳から行動する脳に及んで、ようやく実を結ぶことができる。つまり前に進み始める。まだ要は、想像する脳を作ろうともがいている途中だ。幼児の粘土遊びのような手つきで。

「それでは、お小遣いが余ったぶんの相談を伺いましょう」

古市がおどける。これから話すのは、裁判に関わることだ。要の脳裏をいろんな顔が駆け抜ける。

もう取材はいいと言った、坂上。

熱くならないでと慰める、美奈。

法廷で伊代が孵化《ふか》させるように抱いていた、典洋の写真。

まったく視線を向けようともしない、異なる言語世界を生きているような、教師たちの横顔。

そして人見家の顔、顔、顔。

自分のペンは誰かの心に寄り添えるのだろうか。

「半分は仕事絡みなんですが」

そう切り出すことで、要は坂上の圧を追い払った。

「四年前に自殺をした高校生の、民事訴訟のことなんですが」

「ほう。訴訟の内容は？」

「いじめに遭ったのが自殺の原因だとして、亡くなった少年の親が、当時の同級生三名と学校を訴えています」

「なるほどね。それで、要さんの心配事はなんですか？」

「まず母親が、当然のことなのかわかりませんが、今でも亡くなった息子さんのことしか頭にないようなんです。娘さんは食が細く神経質で、両親から顧みられていないようで心配です」

「ネグレクトですか？」

「そこまで酷くはないようです。そして父親ですが、どうもアルコール依存症の兆しがあります」

「どうして、そう思ったのですか？」

「僕の父親と同じでした。お酒が手放せなくなってるというか」

「同じとは、どこかで見たのですか？」

「先生はそういう場所へは行かないと思いますが、その父親はパチスロ店の駐車場にある、麺類と丼物の食堂の店長をしています。僕はときどき食べに行くのですが、どうも仕事中にこっそり、お酒を飲んでいるみたいで」

「仕事中にですか」

「そうです」

「ちょっとまずいですね。おそらく、朝起きたときにはもう、脳が早く酒を飲ませろとささやいているんでしょうね」

「今度確かめてみます」

「じゃあ、これを……」

古市は立つと、ファイルが入った棚からパンフレットを取り出し要に渡した。パラパラめくってみる。

――家族のためのアルコール教室・家族みんなで回復しよう・公益社団法人全日本断酒連盟――

「まずその中にある、お酒の飲み方チェックというのをやってもらって下さい。おそらく今おっしゃってた状況ですと、アルコール依存症で断酒が必要と判断されるでしょう。そして断酒の進め方がプリントされた紙が、二枚目にあります」

――断酒の四原則
　通院を続ける
　抗酒剤・断酒補助薬を活用する
　自助グループに参加する

断酒宣言する

断酒のための薬があることを、要は初めて知った。

「アルコール依存症は、個人だけの問題ではありません。個人を壊し、家族も壊す。ときに他人にも危害を加えたり、不幸にします。犯罪とアルコールには深い因果関係があり、さらにはアルコール依存とうつと自殺は、死のトライアングルといわれています」

要は自分の父親を思い出し、深く頷いた。

「なのに日本では、アルコールに限らず依存症の研究はマイナーな分野で、そんな研究をしていると教授になれないと言われています。そして研究予算も、アメリカと比較すると千分の一しかありません」

「はっ？　千分の一？」

「それどころか対策予算の申請欄に、依存症の細目はないんです。内科や保健の研究予算に乗っかって申請しています。それはともかく、その方は充分に注意する必要があります」

「以前、急性アルコール中毒で、病院に運ばれたこともあるそうです」

「それならなおさらです」

要は会話を続けながらも、人見高道に同情的な気持ちが芽生えた。年下の上司になじられ、パートのおばさんには言われ放題。そして妻の伊代は亡くなった息子のことから離れられない。酒以外に、彼のストレスを紛らわせる方法はあるのだろうか。

「禁酒、断酒ではなく、お酒を減らすというのは無理でしょうか」

まるで自分が高道の気持ちを代弁しているようだ。

「直接会って、話を聞いてみないとなんとも言えません。ただ、一年間断酒を続けてきたのにたったひと口飲んだだけで、また昔のようにお酒に溺れてしまうケースがあります。アルコール依存症の恐ろしさは、それは五年後だから、十年経ったから大丈夫というわけではないというところにあります」

「なぜなんですか？」

気がつけば要はすっかり新聞記者の「脳」になっていた。

「アルコールはGABA《ギャバ》という脳内物質の受容体に作用して、神経細胞の活動を抑制し、不安を鎮めます。つまり酔っ払って、つらい現実から逃避するわけです。明日のことは明日考えればいいみたいな。もちろん適度であればそれもいい。そしてその一方でアルコールは、快感を惹《ひ》き起こします。それが脳の報酬系に作用することがわかっています」

「報酬系とは、なんですか?」

「もとはといえば生存に必要なものを覚えるための神経です。いわゆる性欲と食欲。そこへなぜかアルコールも作用して、もっと欲しいもっと欲しいと、快楽を求めるようになります。植物の中にも、報酬系を刺激するものがあります。なんだと思いますか?」

「えっ?」

植物というキーワードから、要は向日葵《ひまわり》や朝顔しか思いつかなかった。

「コカとアヘンです」

「ああ、そっちですよね」

「どっちだと思ったんですか?」

「ちょっと種類が違ってました」

要は笑ってごまかした。

「コカとアヘンはどういう作用によって?」

「理由はわかりません。神様が退屈しのぎにやったことでしょう。コカにもアヘンにも罪はありません。しかし人間にとっては重大な問題です。厄介なのは、その報酬系の神経は覚えてしまうのです。快楽を。脳が影響を受けている写真がようやく撮れたのも二〇一六年です。もちろんアメリカで……そして問題なのは」

「まだ先があるんですか」

「あります」

古市の目は真剣だ。カウンセラーの温かな目から、研究者の厳しい目になっていた。

「アルコール依存症が進むと、報酬系の反応が鈍くなります」

「鈍くなるんですか？」

「はい。ドーパミンという名前は聞いたことあるでしょ」

「ええ」

「その、ドーパミンという化学物質を放出する力が弱くなります。ドーパミンが弱くなるということは、楽しくなくなります。それまではお酒を飲めば楽しかったのが、そのうちお酒を飲もうが何をしようが、楽しくなくなります。これはつらいです。周囲すべてのものから裏切られたような怒りを感じます」

要は、酒を飲んでボーッとしている父親の姿を思い出した。

以前は好きだったプロ野球中継も見なくなり、ドラマもくだらないとけなしてはチャンネルを変えた。しばらくするとソファに寝そべったまま、いびきが聞こえてくる。テレビから音声は聞こえるが、感情を抑え込んだ要には気にならなかった。それはむしろいいことだった。その間に要はそうっと宿題をすませた。自分の部屋もあったが、母親が家を出ていってからは、一人になることを父親は許さなかった。一人が怖かったのだろうか。目を覚ますと、父親は便所へ行きまた酒を飲む。そして要と目が合ったとたん怒り出すのだ。

「なんだその目は……。誰のせいでこんなことになったと思ってるんだ。おまえも俺のこと、馬鹿にしてるんだろ」

投げつけられたコップは、安い音を立てて砕け散った。あれは家が楽しくないのではなく、父親の脳が楽しくなかったということなのか。

何をしてももう楽しくなれない、そんな自分に絶望してしまったのか。どこかでくるった歯車は、もう自分の力では治すことができなかったのだ。

相談室を出ると、要は深呼吸をした。夜の空気はまだ冷たかったが、心の中はスッキリしていた。

アパートに戻ってからスマホをチェックした。知らない番号で、三度も着信履歴があった。

誰だろう？

そう思ったとき電話が鳴った。

## 10

要から電話で、それではどこで話をしましょうか、どこでもいいですよと聞かれ、由愛は迷うことなく「たいくつな猫」と答えた。

津市のヨットハーバーにあるおしゃれなチョコレートカフェだ。人気も知名度もあるが、車でないと行けない、女子高生には少し不便な場所にある。わざとハードルを高くしてあるのかもしれない。

その日はあいにくの雨だった。

たいくつな猫の駐車場から、由愛は要と走った。

ガラス張りの店内は明るく、喫茶コーナーは広い。テーブルは白だ。外にも木のテーブル席があって、今は草木と一緒にさらに激しくなった雨粒に濡れている。

庭の景色が望める四人席に、由愛は要と向かい合って座った。

店員が水とメニューを置き、「あちら、ケースの中のケーキも、こちらへお持ちいたします」と案内した。

水はレモンの香りがした。

「どうします？」

要に聞かれ由愛の顔が思わずほころんだ。

「私はもう決めてあります。チョコレートナッツキャラメルの〝たいくつパフェ〟」

「あぁ……あれね」

「知ってるんですか？」

由愛は意外だった。

「うん、まあ一応。これでしょ」

要がメニューを開くと、大きく写真が載っていた。

「もしかして、彼女とよく来るとか」

「いや、まあ、前にだけど」

「あ、彼女にふられたんだ」

「女子高生はこれだから。大人の恋はもっと複雑なんだよ。で、飲み物はどうしますか？」

由愛は差し出されたメニューをめくる。すると由愛の好きなハーブティーがあった。

「私これにする」

由愛が指したのは、ラベンダー、カモミール、リンデン、レモンバーベナをブレンドしたハーブティーだ。

「じゃあ僕も同じものを」

要が店員を呼ぶ。ケーキは「あまおうのモンブラン」を頼んだ。

「それにしても、まさか由愛ちゃんから電話があるとは思わなかった」

「どうしてですか？　電話して下さいって名刺渡したの、大同さんですよ」

「あ、要でいいよ」

「じゃあ、電話して下さいって名刺渡したの、要さんですよ」

「そっくり繰り返さなくっていいですよ」

要の声はやわらかく、取材慣れした笑顔は裁判所で会ったときよりも話しやすかった。

相変わらず窓の外は雨脚が強く、外のテーブルに雨粒がはじけていた。由愛が目を奪われていると、要が言った。

「晴れてたらよかったのにね。そしたらあとで、海岸を散歩できるのに」

「私、雨、好きです」

「あ、そうなんだ」

「特に今の季節って、ひと雨ごとに命が芽吹くっていうか、草もずんずん生長するし、あこがれ、ですかね」

「あこがれ？」

「はい。落葉樹とか、いいですよね。今年の葉は全部落として、次の年また新しく芽が出たり葉がついたり、花を咲かせたり。人もそんなふうに過ぎ去ったことを、葉を落とすように捨てられたらいいなって」

「忘れたいことがたくさんあるんだ」

「忘れたいというか、削《そ》ぎ落としてしまいたいというか。でもできない。要さんはないですか？」

「どうだろう」

要の表情が一瞬どこか遠くへ飛んだ。きっとこの人にもあると由愛は警戒心を緩めた。

「せっかく離れられたと思ったら、また絡みついてきたりするから」

「何がですか？」

「兄の裁判の主犯格になっていた人、この前までバイトしてた店で一緒だったんです。しつこくつきあってとか言われて困っていたんです」

「あの、ニンジャって店？」

「そうです。それでお店を辞めてほっとしたとたん、また顔を合わせて、もう最悪って気分」

「なるほど。それはたまんないね」

「だから……」

そのとき要の「あまおうのモンブラン」と、二人のハーブティーがテーブルに届いた。ガラスのポットが透けて、ハーブがふわふわと浮かんで綺麗だ。陶磁器のティーカップがなめらかに光る。

店員が砂時計を置いた。要が聞く。

「これって何分ですか？」

「三分です」

えんじ色の砂が音もなく落ちる。

「由愛ちゃんはいつもハーブティーなんですか？」

「自分で淹れるときはそう。だいたいカモミールです。ティーバッグのやつだけど」

「あ、ティーバッグがあるんだ。今度探してみよう」

「要さんはコーヒーとか駄目なんですか？」

「うん。お腹が緩くなって。いつもはホットココア」

「なんか、かわいいですよね」

「君のお母さんにも、同じことを言われた。大人になっても、どんなに努力しても、変えられないことは変えられないんだよね。忘れられない記憶があるように。最近は忘れようって思うより、むしろちゃんと受け止めなきゃいけないのかなって思うようになってきた」

由愛はふと、陸上競技場で語っていた翔の言葉を思い出し、近いものを感じた。大事なのは、ちゃんと典洋のことを思い出すこと。どうやって思い出すか。

えんじ色の砂が静かに時間の過ぎたことを知らせた。由愛はハーブティーをカップに注ぎ、両手を添えて口へ運んだ。口の中でカモミールの香りが膨らみ、鼻からラベンダーの爽やかな香気が抜ける。優しいエネルギーが体を潤す。

雨の中に翔の顔が浮かんだ。土の色は雨の底に沈み、緑だけが水滴を集めて鮮やかに踊る。

そこへ、チョコレートナッツキャラメルのたいくつパフェなるものが運ばれてきた。チョコの薄い板で蓋がしてあり、そこへ濃厚なホットチョコレートをとろーり流し、板チョコが溶けてパフェの中へ落ちる、凝った演出だ。

パフェの中身は、数種のナッツとスポンジ。キャラメルと木苺《きいちご》のアイス。もちろんメインはチョコレートだ。

由愛はスプーンですくって食べた。

「わあ美味しい！」

「子どもみたいなリアクションだね」

要があきれて眺める。

「信じてもらえないかもしれないけど、ほんと、久し振りに味覚がよみがえった気がする」

「じゃあ、あとでケーキも買って帰ったらいいよ。もちろん僕が払うから。夜、家族で食べたらいい」

「……いや、いいです」

「遠慮しなくてもいいから」

「だから、そういうんじゃないんです」

由愛の手が止まった。

「うち、家族とか、ないし」

由愛は俯くと、ティーカップを口もとに寄せた。ここで要が、そんなことはないでしょ、とでも言ったら、そのまま席を立つつもりだった。

「そうなんだ」

手のひらを重ねるような声がした。由愛は顔を上げた。要がじっと自分を見つめていた。細い目をめいっぱい見開いて。

「僕も今思い出した。小学校四年生の頃、友だちの家に遊びに行って、残ったお菓子を持って帰ればって言われたけど、うち誰も食べないって断った。あ、ごめん、わかったようなこと言って。でも僕は家族ないから。崩壊しちゃった。僕の家族はね、ずっと昔に壊れて、どこかに沈んでしまった。そう……でも僕は幸運だったんだよ。おじさん夫婦に子どもがいなくて、大切に育てられたんだ。だけどやっぱり僕の家族じゃない。おじさん夫婦に感謝はしているけど。いや、感謝どころじゃない。おじさんたちがいなきゃ、僕は今頃どうしていたか、正直自信ない。そうだ、就職試験だって僕、自慢じゃないけど新聞社、二社も受かったんだから」

「思い切り自慢してますけど」

「だから僕が言いたいのは、その、僕にとっておじさんたち夫婦は『最後の浮き輪』だったってこと」

「浮き輪ですか」

「そう。しっかり握って、しがみついて生きてきた。もし手を放していたら、両親と同じ社会の底に僕も沈んでいたと思う。惨めな思いをしたこともあったけど、今はそんなふうに育った自分を肯定してる。たとえおじさん夫婦であっても、家族と呼べるものがあってよかった。ああ、そうだ」

「なんですか？」

「デスクからね……あ、上司のことだけど、もうこの裁判のことは記事にしないと言われて。君のお母さんにも改めて報告しないといけないんだけど」

要が急に突き放すようなことを言った。由愛はただ戸惑って、ポットからカップへハーブティーをゆっくりと注いで足した。

「じゃあ、どうして今日来たんですか？」

「君が心配だから」

「心配……ですか」

「僕と君はよく似てる」

「なんですか、それ。外国映画の字幕にありそうな安っぽいセリフ。もしかして、口説いてるつもりですか」

「それはない。僕には好きな人がいるから」

「へえーっ、ふられたんじゃないんですか？　ストーカーは駄目ですよ。ほんと！　自分で自分の記事を書くはめになりますよ」

「だから複雑だって言っただろ。でも心配してくれてありがとう」

「心配なんてしていません」

　由愛は少しずつ気持ちがほぐれ、ゆったりと椅子に座っていた。

「それで、由愛ちゃんの用件はなんだったのかな？」

「あのぅ、今日会いたいと思ったのは裁判のことです。見ていて嫌になりました。あんなのして、なんの意味があるっていうんですか。そりゃ、いじめがよくないのは誰だってわかってるけど、いじめた人間に償いを求めるのは無理です」

「君のお母さんは、それが目的ではないと思うけど」

「いえ。要さんにはなんと言ってるかわかりませんが、私には、謝らせてみせるって、断言しました。そんなのできるわけないのに。私だって、小学校や中学校でいじめは経験しました。仲良し五人組がいてみんなで映画を観《み》に行こうって約束してたんです。ところが、映画館まで行ったけど誰もいなかった。電話すると、前に一回観たの思い出して行くのやめたとか、違う予定があったことに、今朝気がついたとか、わけわかんないこと言われて……順番にハブったりハブられたりしながら強くなったんです。みんな」

要は、頷くことも首を横に振ることもしなかった。

「誰も守ってくれないんですよ。裁判見たらわかったでしょ」

「由愛ちゃんがそう思う気持ちはわかるよ。でも何かに救いを求めずにはいられないお母さんの気持ちもわかる。なんで死んでしまったんだろうか、どうして死ななければならなかったんだろうかって、いつまでも悩みから解放されない」

「私だって、つらいのは同じですよ」

由愛は思わず本音を漏らした。

「兄が死んだときだって、自殺したってクラスのみんなに知れ渡り、あの女は不吉だって、嫌がらせを受けた。お父さんにもお母さんにも言えなかった。そのつらさは今だって忘れてない」

「じゃあ由愛ちゃんも、何かに救いを求めればいいよ。お母さんの苦しみも、由愛ちゃんの苦しみも、生きたいって思っているからこそ生まれてくるもんだから」

「救いを求めて、いいんですか」

「うん。もちろんだよ」

要が両手をテーブルの上で組む。声が近くなる。

由愛は翔もここにいて、今の言葉を一緒に聞いて欲しかった。

「あ、つい熱くなって。とにかく上司の指示で記事にはできなくなった」

「どっちにしても、裁判は虚しいだけです。お母さんなんて、私が進学の話をしてもまともに聞いてくれないし、最近は朝ご飯も、お弁当を作るのもやめました。いまだに兄の部屋で暮らして、ずっと裁判のことばかり考えてる。まるで裁判に勝ったら、兄が生き返るみたいに。それにお父さんは……」

由愛はどこまで話すべきか迷い、言い淀んだ。

するとと要が足もとに置いた黒のリュックから、クリアファイルを出してきた。パンフレットを由愛の前に置く。

「あっ……」

由愛は目に飛び込んできた「アルコール」の文字を見て、声を上げた。

「どうして？」

母親が要に相談したのだろうかと、一瞬心が前向きになった。まったく心が家族から離れたわけではないのだと。しかし要が口にした言葉は違った。むしろ残酷だった。

「このままだと由愛ちゃんのお父さんは、確実にアルコール依存症になってしまいます。いや、状況からすると、すでにアルコール依存症です」

「やっぱり……」

由愛はパンフレットの表紙をじっと見た。せっかく美味しく食べていたパフェが、もう胸がつかえて、手をつける気にはならなかった。

「やっぱりって、どういうことかな？」

「それよりどうして要さんは知ってるんですか？」

由愛は質問に質問で返した。

要が簡潔に由愛の父親と出会ったいきさつを話した。由愛の胸に事実が重くのしかかる。母親の大丈夫だという言葉は、私は見たくないし知りたくもないというのと同義だった。

「……仕事中に、お酒ですか……。やばいですよね、これって」

「正直、やばいを通り越して、まずいです。それで、さっきのやっぱりって、どういうこと？　言えないことかな」

「いえ、この前、深夜にハーブティーを飲もうとキッチンへ行ったら、お父さんがしゃがみ込んで、こそこそと隠れるようにお酒を飲んでいました。飲み方がなんか尋常じゃないっていうか、お酒やめたんじゃないのって心配して言ったら、なじられたとでも思ったのか、攻撃的な言葉を吐かれて。確かにやばいじゃなくてまずいでした、あの目は。そう、普通じゃなかった」

「お父さんはきっと寂しいんですよ」

「はあっ？　意味がわかんない」

由愛は自分でも大きな声を出してしまったと思い周囲を見た。自分たち二人をどう見ているだろうか。あまり楽しそうなデートには見えないだろう。由愛はまさか知った顔はいないだろうかと、チョコレート菓子の売り場にまで視線をのばした。

買い物をしていた女が一人、こっちを見てる。なんだあの妙なカップルは、騒ぐならマクドに行けとでも言いたげだ。まだこういう店でデートするには自分は子どもっぽいのかもしれない。まだじっと見てるし。えっ？　もしかして睨まれてる？

由愛は慌てて女性から目を離し、要を見た。

「じつは、僕の父親は自殺したんです。僕が小四のときに。しかもアルコール依存症で。あぁ、もちろんアルコール依存症の人がみんなそうなるわけじゃない。自殺の理由はひとつじゃないし。そもそも、DVがあって、母親が耐えかねて家を出ていった。残されると男は弱いみたい。それからは文字通りお酒に溺れるって感じで……。運送の仕事をしてたんだけど、飲んで運転して、事故して、クビになって、ずっとアパートで、飲んでるか寝てるか怒鳴ってるか……最悪だった。もちろん由愛ちゃんのお父さんは、そこまでもないだろうし、むしろ仕事が大変だよね。買い出しに行かなきゃいけない。業者さんへ、商品の発注したり受け取ったり。銀行も行かなきゃいけないし、仕込みもあるし、なんといってもパートさんが生意気だし。でもさ、由愛ちゃんの家は、まだ家族が同じ屋根の下にいるじゃない。家族は再生できる」

要がいとも簡単に言う。そうだろうか？　誘導されている気がする。

「要さん」

「えっ……」

「うちも同じです。もう家族ばらばらです。協力も興味も、共感も共有もなんにもない。同じ屋根の下にいるだけなら、シェアハウスのほうがまだ家族してます。夜、ここが自分の家だと思えない。家に帰らない子の気持ちが、すごくわかります」

「なんともならないのかな、もう」

「私だって、どうにかしたいですよ」

「そうだよね。とにかく人見さんの家で、ちゃんとしてるのは由愛ちゃんだけだろうし」

「買いかぶらないで下さい。私だって心は荒れてますよ。どうしたらいいかなんてわかんない。気持ちがぐちゃぐちゃで」

由愛が姿勢を正して、要をまっすぐに見た。

「どうしたらいいんですか？」

要は答えなかった。

「要さんは、自分のお父さんのこと、どう思ってるんですか？」

「いまだに、整理できていないのが本音だろう。いちばんに思うのは、ふざけんなよって。家族をむちゃくちゃにして、勝手に死にやがって。僕の父親は遺書みたいなものを一枚だけ書いて死んだ。ぐちゃぐちゃな文字で。〈おとうさんはいいじんせいをおくれなかったけどおまえはしあわせになってくれおとうさんがしねばすべてはうまくいく〉全部ひらがなで、句読点も打たずに。最後まで、勝手に生きて勝手に死んだ」

要はじっとポットに残ったハーブティーを見て話した。日本茶のように濃い色になっていた。

由愛はこんなふうに、とつとつと話す大人を見たのは初めてだった。聞き流すことはできず、受け止めることはさらに難しかった。

「家族というより、君のため。この先お父さんに何かがあったら、今まで以上に君が家族のことで苦しむことになる。好きな人が現れたときは特に」

「もしかして、要さんが、今、そうなんですか？　さっき複雑なんだって言ってた」

「じつは僕はいまだに、彼女に言えなくて。父親が自殺したことをね。もしも言って、僕のこの気持ちを否定されたらと思うと怖くて。僕の人生が終わってしまうような気がするんだ。僕の恋愛は、いつも前に進めないまま終わってしまうんだ。弱いよね」

「わかる気がする。家族の自殺って、自分たちの領域から少しでもはみ出させてはいけないもののような気がする。身内以外の人には知られてはいけないみたいな」

「そ、そうなんだよ。でも誰かにわかってもらいたい」

深刻な話なのに、要が嬉しそうに笑った。由愛は典洋のことを話せるのは三葉だけだった。静かに聞いて静かに心配してくれた。そんな相手がいたおかげで、母親のように追い詰められずにすんでいるのかもしれない。

そして要のように自分にも、その弱点を知って欲しい存在が現れるのだろうか。

「要さんは、弱くなんかないです。だってちゃんと考えてるじゃないですか。彼女ともう一度向き合って下さい。私もちゃんと向き合います」

「えっ、何と向き合うの？」

「家族と。それから、兄が死んだ責任が、私にもあるということと」

どうしてあんな言葉が出てきたんだろうかと、由愛は家まで送ってもらう車の中で考えていた。要はそれ以上由愛から聞き出そうとはしなかった。

玄関を入ると、母親が夕飯の支度をしている気配がした。食べてきたパフェがまだ胃の中で存在感を発揮していた。

由愛は要から預かった、アルコール依存症に関わるパンフレットを見せようか迷った。家族のためにというより、君のためにと言った要の言葉に嘘はないだろう。しかしそう考えたとしても、あの日母親から投げつけられた言葉が、由愛の心を呪縛するのだ。由愛は声をかけず、そのまま階段を上がった。

今思い出しても心が苦しくなる。

その日は朝から、典洋の黄色のスパイクシューズを知らないかと、母親がとりつかれたような目をして探していた。さんざん知らないと言ったのに、また部屋にやってきた。そのとき由愛は歌を唄っていた。

由愛は中学二年生になっていた。合唱部に新入生も入って、由愛は落ち着きを取り戻そうとしていた。

パート別に数回練習を重ねたときだ。人数のバランスを考え、もう一人誰かアルトのパートをすることになった。

「誰かやってくれないかな？」

男性教師が部員に目を向けると、

「先生、私がやります」

由愛は手を上げアルトの輪に加わった。翌日には友だちが、すぐに音取りCDをダビングして持ってきてくれた。

母親が部屋に入ってきたときは、ピンクのカーペットに座り、ヘッドホンで音を取りながら練習していたのだ。

いきなりだった。引きちぎるようにヘッドホンを外され驚いて見ると、母親は由愛を見下ろし睨みつけていた。

「典洋のスパイクを、知らないかって聞いてるの！」

「はあっ？　まだ言ってるの」

「何がまだよ。何のんきに歌なんか唄ってんのよ。典洋が死んだっていうのに」

「もう二か月が経つよ」

由愛は乱暴な母親の態度に腹が立った。つらいのは家族みんな同じだ。父親も自分もなんとか平静を装って、日常を取り戻そうとしているのに。

「もう二か月って、よくそんなことが言えるよね。もしかして、スパイクシューズ由愛が捨てたんじゃないでしょうね」

　母親の存在が苦痛になる。

「出てってよ。知らないから」

　由愛が投げつけられたヘッドホンを拾い、装着しようとしたときだった。かすれた声がした。

「典洋じゃなく、アンタだったらよかったのに」

　思わず顔を上げた。母親はドアを閉めるところだった。

「アンタこそ、さっさとお兄ちゃんがいる場所へ行けば」

　由愛は言い返した。母親から言葉はなく、声が届いたかどうかもわからなかった。ただそのときから、母とも娘ともいえない関係に変質した。お互いそれぞれの空間を確保するため、愛情を感じないように努めた。愛情は容易に怒りに変わることも、由愛はもう知っていた。

　要と話したときは、前向きな気持ちになったのではなかったのか。そうだ、私の家族なんだ、と。けれどあのときの会話を思い出すと、心がうずくまってしまう。母親は今もあの言葉を覚えているだろうか。

要は自分の父親から受けた暴力と向き合おうとしている。生きる人間が持つ、親子というどうにもならない哀《かな》しみと。

私にはできないと由愛は思った。

ベッドに寝転がりスマホを見ると、三葉からたくさんラインが入っていた。返さなきゃと思ったとたん電話が鳴る。三葉からだ。

「返信なかったから何かあったのかなって思って」

「ありがとう。人と会ってて」

「もしかして、デート？」

「違うよ。新聞社の人の取材」

「お兄さんのこと？」

「そう。裁判するって、三葉には言ったよね」

「聞いた。由愛のお母さんが、もうとりつかれたようになって……」

「ねえ、三葉」

由愛はずっと三葉に聞いてみたいことがあった。

今かな、聞くなら。

沈黙が続く。

「どうしたの、由愛？」

「三葉は本当に私のこと、許したの？」


五年生のときだった。

由愛と三葉が通っていた小学校は、二年ごとにクラス替えがあった。新しいクラスになり、生徒たちはそれぞれ自己アピールする時間を与えられた。

一人の男子生徒は化石が好きで、家にあった本まで持参していた。父親のものだろうか、それはかなり専門的な雑誌で、生命の誕生やカンブリア爆発など、多くのイラストを使って描かれていた。みんな休み時間になると、グループごと順にまわして本を囲んだ。

ある女子生徒が嘲るような微笑みを三葉に向けながら甲高く叫んだ。

「へえー、三葉って、虫の仲間なんだ」

三葉虫という名の生物が、数ページにわたり大きく取り上げられていた。女子生徒は悪意を求める臭気をまき散らしながら、それをからかった。

笑ってスルーすればよかったのだろう。しかし一瞬、三葉は嫌な顔をした。子どもは一瞬を見逃さない。日頃から三葉に敵対心を抱いている子が「これって、ゴキブリみたい」と、はっきり口に出した。宣戦布告だ。

三葉のニックネームは〝ゴキブリ〟になり、研究熱心な誰かがさらに〝不快虫〟という魅力的な言葉を探してきた。新学期のイベントとしては充分だった。

由愛のグループもその雑誌を借りた。返すとき、由愛はこっそりと、四十三ページから四十六ページの二枚を破って捨てた。三葉虫のページだ。

どうしてそんなことをしたのか？　幼い脳で、そうすれば三葉を救えるとでも思ったのだろう。

本が破られていたことはすぐにバレ、三葉がその犯人だと責められた。

由愛は名乗り出るのが怖く、誰にも話せず黙っていた。いじめはそのうちになくなったが、ずっとそのあいだ、由愛は三葉の親友であろうとしていた。

ようやく謝ったのは、六年生になってからだ。十一月の由愛の誕生日に三葉がお祝いを持ってきてくれたときだった。

たまらなくなって謝った。泣いて「ごめん」を繰り返す由愛を、「もういいよ。

すんだことだし」と三葉は許してくれた。

「今更何言ってんの。あれから私、強くなったと思うよ。いじめられたのがきっかけで、劇団に入ったじゃない。お母さんが、もっと自己主張できるようにって。そこで自分の世界を見つけることができたし、いじめに遭ったときのことも、客観的に見ることができた。バカ相手にしたって仕方ないもん。あ、由愛のことじゃないよ。だって由愛が悪いっていうなら、由愛がハブられたとき、私はハブった側だったし」

「あれは、順番みたいなものだったから」

「どっちにしても、いじめって、誰かのくだらない人生に巻き込まれることだよ。私小学校で、もう、自分は自分の人生を生きるんだって決めた」

「それで中学のとき、私を庇ってくれたんだ」

「そうだっけ？」

「ほら、お兄ちゃんが自殺して。ニュースになって。私がみんなから、私と関わると祟《たた》りがあるとか言われたとき。三葉は平然としてた。私救われた」

由愛は話しながら、目頭が熱くなる。

三葉の静かな声が、スマホの向こうから聞こえた。

「ねえ。由愛と私、結局支え合いながらここまで来たんだよね。それがすべてだよ。それでいいよ。今なら言えるよ。共感できない言葉や自分を苦しめる言葉があるからこそ、人って、自分の枠を広げることができる。私は由愛を許したし、ずっと親友でいる。なんか私が言うとセリフみたいだけど、本当にそう思ってる」

「うん。ありがとう」

「無理しちゃ駄目だよ、由愛。私と由愛は違うんだから。私にできることがあったら言って。壊れちゃ駄目だよ、絶対に」

「ありがとう」

それ以上の言葉が由愛にはなかった。

「そうだ、今年も演劇観に行くから。もう日程は決まった？」

「それは、決まったけど」

三葉が言葉を濁した。

「え、何？」

「うん、今年はテーマが自殺だから。由愛にはつらいかもと思って」

「でも、三葉の舞台はこれが高校最後だから、観ておきたい」

「わかった」

電話を切って、改めてなんてありがたい友だちなんだろうと思った。
そしてふと、翔のことが気にかかった。
翔にもそんな友だちがいるだろうか。
一緒に悩んでくれる友だち。
言葉をかけてくれる友だち。
黙ってそばにいてくれる友だち。
翔は今、ひとりぼっちじゃないだろうか。

## 11

「昼メシ行ってきまーす」と坂上に言って、総局の階段を下りていると、後ろから追ってくる足音がした。振り向かなくても美奈だとわかった。

黒のオックスフォード靴。スーツでも、スポーティーに決めてもよく似合う。要が美奈の誕生日にプレゼントした。

ときどき要は、プレゼントすることでしか感謝を表現できない自分を情けなく思う。

行き先は決まっていた。近くにある「大澤屋《オオサワヤ》」という食堂だ。

広い通りに出て、同僚だし待つべきだろうと振り返った。とたんに美奈の足も止まった。二メートル後ろに美奈の姿があった。

「えっ、何？」

美奈の体から怒気を含んだオーラが出ていた。目がとんがっている。

「ねえ、要さ、若い子が好きなんだ」

「な、何、急に？」

「どう見ても女子高生だよね。昨日デートしてたの」

「えっ……あぁ」

「気をつけないと、記事になっちゃうよ。要自身が」

「そんなじゃないって……てか、どこで見たの？」

「〝たいくつな猫〟にいたよね」

そうか。美奈が現れてもおかしくない場所だ。下心がなかったせいか、すっかりそのあたりの配慮が欠けていた。

「まあ、ちょっと聞いてよ」

要が近づくと美奈が飛びのく。

「来ないでロリコン男」

「ロリコンって……、彼女もう十七歳だよ。立派な大人だって」

「じゃあ、わいせつ男。出会い系？」

「だから、そんなじゃなくって、あれも取材の一環だって。ほら、坂上さんがもういらないって言ってた記事。自殺した高校生の妹だよ」

「じゃあ、職権乱用じゃない」

「乱れてもないし、乱してもない」

美奈は納得したのかしてないのか歩き出し、要と並んだ。

店に入ると、四人掛けのテーブル席に向き合って座った。

要はいつものあんかけ焼きそばを頼む。美奈はエビフライ定食だ。

「でも腹立つ」

美奈は料理が来てもまだ怒っていた。エビフライの尻尾までばりばり食う。

「楽しそうだったし」

美奈に言われ要は首をかしげた。

「そうかな」

あんを焼きそばに絡め口いっぱいに頬張りながら、確かにそうかも、と思う。カウンセラーの古市を除けば、初めて家族の自殺について語り合える相手だった。楽しいと感じていたわけではないが、解放されていた。古市が言うところの、脳が動いていた状態なのかもしれない。

「じゃあ、別れ話とあの子は関係ないんだ」

美奈が声をひそめた。

「関係ない……ん？　まったくないわけじゃないけど」

「どういうこと？」

ふと今なら父の自殺のことを軽く言えそうな気がした。そのときだ。

「おお、要君」

背中をバシンと大きな手が叩いた。要の隣に座ったのは、毎経《まいけい》新聞の記者米沢だ。もう七十は超えていて、本来の役職名は誰も知らない。

米沢は「エビフライ、四本は多くないか」と、意味もなく美奈の皿を見る。

「そういえばさ、要君。あの裁判、朝夕新聞さんで記事にするの？」

「えっ、なんですか？」

音楽が流れて、奥の客席ではテレビも点いている。騒々しくはあるが、果たしてここで話すべき話題だろうか。要は周囲に目を配る。米沢はお構いなしだ。

「ほら、いじめ自殺の」

「ああ……」

米沢は法廷にもいた。真剣にあの事件を追っているのは、もう自分たちくらいだろう。

「どうしてですか？」

美奈がさっと探りを入れた。

「うん。今度本を出そうと思ってさ。記者人生の集大成というべき一冊をさ」

「米沢さんはおいくつなんですか？」

美奈はずけずけと聞いていく。

「七十二だ。若く見えるだろ」

「ご自分で言うかなぁ」

「小説ですか？」

要は興味が湧く。

「いやいや、そんな才能はない。裁判所通いが長かったから、『証言台が知っている』という、エッセイのような体裁になるかな。そこに、あの裁判もと思って」

「個人的に会って、取材されたんですか」

「いや。君がしてるだろ」

「それって横取りじゃないですか」

美奈が容赦なく責める。

「だからそっちで書くのなら、どうしようかなと思って。記事の寄せ集めじゃなくあくまでエッセイだから、基本自分の感覚で書きたい。名前も伏せるつもりだ」

要の頭の中に伊代の顔が浮かぶ。そういう形でも世に出せれば、少しは安らぐものになるだろうか。溜飲《りゅういん》を下げるとまではいかないだろうが。

「たぶん、うちでは無理だと思います。個人的にはご家族にもお目にかかって、取材は進めているんですが。米沢さんのところで具体的な形になれば、喜んでくれるかもしれません。もちろんそのときには確認しますが」

「そう。じゃあ、そういう流れで」

「いつ頃の予定なんですか」

「そんなに急がないから。あと二十年は記者をやるつもりだよ」

米沢がいたずらっぽく笑った。

「要、人よすぎ。持ってれば、いつか使えるかもわかんないじゃない」

　大澤屋を出るなり美奈が言った。

「いいよ。持っていても仕方ないネタだし」

　典洋の死によって傷ついた心を少しでも慰めるため、人見伊代はなんらかの形が欲しいのだ。社会のどこかに典洋の墓標を建てたいのだろう。

「それならそれで、何かと引き換えにするとか。女子高生から話聞くのだって、お金使ったんでしょ。パフェ、七百二十円じゃなかったっけ」

　そこまで見ていたんだ。要はそんなことを言う美奈が、かわいく思えた。カウンセリングを受けたせいか、もう一度チャレンジしてみようかという気になった。

「今日、夜空いてる？」

「えっ？　いいけど」

「じゃあ、いつもの店で待ってる」

「わかった。八時には行けると思う」

　いつものアスファルトの道に、いつもの靴が、いつもとはほんの少し違った靴音をたてた。

まだ早いかなと思いつつ、坂上の顔を見ているのも楽しいとは思えず、要は総局を出て店に向かった。

店は飲食ビルの一階にある、「なかなか」というこぢんまりとした店だ。二部式の着物を着た三十代の小太りの女将《おかみ》さんが、一人でまかなっている。テーブル席ひとつと、カウンターだ。

店に入るとすぐ左手に四人掛けのテーブルがある。申し訳程度のすだれがかかっていた。すでにスーツ姿の男性客が四人、赤ら顔で盛り上がっていた。すだれの向こうにある顔を見て、要は思わず足を止めた。

「何か？」

目が合った男が声をかけてきた。その男を要は知らない。ただその隣にいたのは人見典洋の裁判の、学校側の代理人をしていた弁護士だった。

手前にいた男が体を反らせて振り向く。こちらは人見伊代の代理人、一木だ。

要は名乗るべきか迷ったが、「あ、いえ」とテーブル席に背を向けて、カウンターの椅子を引いた。

女将さんがおしぼりを出して、飲み物を聞いた。せっかく美奈と会うのだから、我慢することにした。

手持ちぶさたになると、当然後ろから聞こえてくる声が気になる。

一木という弁護士は法廷とは別人のようなだらしなく媚《こ》びを含んだ声で、学校側の弁護士を「山田先生《やまだ》」と持ち上げていた。

年齢は十歳ほど一木のほうが若いようで、どうも大学の先輩と後輩のようだ。

「一木君のところは、今は三人だったよね」

「はい」

「浮気や離婚もいいけど、早く卒業して、大きな顧客を取らないとね。お金にならないでしょ」

「山田先生のところは今十一名でしたか」

「そうだよ。うちもいろいろやってるけど、これからは労働案件が増えてくるから、企業をつかまえておかないと。教育関係や医療もね。すぐにストレスだ鬱《うつ》だ、過労死だって裁判になるから。裁判の前に阻止するだけのスキルを身につけておかなければいけない。それを考えると、今回はいい経験になると思う」

「ありがとうございます」

グラスの当たる音がする。一木が山田のガラスの杯《さかずき》に冷酒を注いだのだろう。一木はサワーのようなものを飲んでいた。それぞれ事務所の若手弁護士を連れてきているのだろう。

「ただ、これに明らかな暴行や恐喝が加わるとちょっと難しくなる」

「今回も殴ってはいますが」

「診断書、ないでしょ」

「そうですね」

「でも気をつけないと。今はスマホとかにいろいろ残すから。近頃の死体はお喋りで困る。死人に口なしは、もう死語だな」

一斉に笑い声が起きた。

「まあ、いじめた連中の名前くらい残してもかまわないがね」

「いじめは認めるんですね。山田先生」

「あ、こりゃ、やられたね。あはは。しかし自殺の直接の要因ではないから」

「はいはい、そうくると思ってました。しかしあの黒塗りには参りました。印象が悪くなりませんか」

「大丈夫。見えないものは誰にも見えない。裁判官は見えないものは判断しない。個人情報の保護といえば、みんな通っていくから」

「そういうものなんですね」

「自殺した話なんか、誰も聞きたくないから。それは裁判官も同じ。早く終わらせて、こうして旨い酒を飲む。それが生きてる人間の勤行《ごんぎょう》さ」

「わかります」

「趣味の悪い雑誌記者くらいだろう。自殺するやつが社会に何か訴えているとか……私に言わせれば、すべての死の中で、最も価値のない死に方だ」

「なるほど。ごもっとも」

「だから私はね、嫁や息子に言ってあるんだよ。死ぬなら前もって言っておけ。仕事の日程を調整する必要があるからって」

「それで、奥様はなんとおっしゃいました」

「まだそこまであなたから、回収していないと」

「あはは。さすが、先生の奥様です」

さっきより高い笑い声が小さな店を満たす。

気がつくと要はこぶしを握りしめていた。

早く美奈が来てくれないと。

ドアのほうへ体をねじると、目の端に山田の赤ら顔が映った。自分の話にも他人の話にもむやみに頷く。

さらに口調が軽くなる。

「まあ、言うなれば、練習台にはちょうどいい死に加減だな。今回のナントカ君は」

美奈はまだ来ない。

「あんたたち。いい加減にしろよ」

要は立ち上がり、すだれを引き上げていた。

さっと山田の隣にいた男が暴漢から身を守るように腕を広げた。

要はもちろん力尽《ちからず》くでどうこうしようと思ったわけではない。

「いくらなんでも、それは酷いんじゃないですか」

「なんだね、君は？　入ってきたときから、おかしな感じだったが」

「あなたがおっしゃってた、趣味の悪い記者ですよ。雑誌じゃなく新聞記者ですが」

「ほお、それで？」

山田は驚くより、むしろ愉《たの》しげに唇を舐《な》めた。

「ですから人見典洋君の死をそんなふうに扱うなんて、不謹慎じゃないですか」

「ヒトミ……」

山田は尋ねるような目で一木を見た。

「そうですよ。あなたが覚えようともしない、被害者の少年ですよ」

要はなんとか言葉だけでも丁寧に話そうと努めた。

「ああ、彼ね。そういう名前だったんですね」

「ふざけないで下さい」

「ふざけてなんかいないよ。私たちは一人で常に五十件以上の案件を抱えているんだよ。多い人は百件。甲と乙の区別さえ間違えなければいいんだよ」

まともに論ずる気もないようだ。要はテーブルを指さした。

「そもそも、裁判で争ってる弁護士が二人、和気あいあいと酒を飲んでていいんですか」

「おや、いけないのかね。私たちは同じ大学の先輩後輩。この業界もなかなか人材を育てるのが大変なんだよ。一木君のような若くて優秀な人が育ってくれないと困るだろ。そのために協力は惜しまないということだ」

「でも、笑いものにしてましたよね。典洋君のこと」

「外科医だって手術中に、ジョークのひとつくらい言うさ。それを聞いて、気に入らないからって、どうだというんだ？　えっ？　君のような者をクレーム世代って呼ぶんだよ。せいぜいSNSの世界だけにして頂きたいね」

「ジョークですむ問題ですか」

「おやおや、まだおさまらないようだ。まいったな」

「ちょっと女将さん、この男、なんとかしてよ。酒がまずくなって、しょうがない」

一木が助けを求めた。

そのとき店のドアが開き美奈が現れた。

「どうしたの、要？」

戸惑った目で見る。尋常でない空気をすぐに読み取った。女将がやってきて、狭いスペースに七人が顔を突き合わせた。

「大同さん、悪いけど帰ってもらえますか。理由はわからないけど、ほかのお客様に絡むなんて、いくらなんでも失礼ですよ」

「すいません」

要はカウンター席の足もとに置いたリュックを担ぐと店の外へ出た。美奈も慌ててあとを追う。

「何があったの、要？」

「遅かったよ、来るの。もうちょっと早く来てくれたらよかったのに」

要は目的なく、広い歩道を会社とは反対方向へ歩いた。中央分離帯にフェニックスが植えられ海へと続く。

「ねえ、どうして絡んだの。理由を教えて」

「テーブル席にいた客さ、例の自殺裁判の原告と被告の代理人弁護士なんだよ。しかも自殺した典洋君を酒の肴《さかな》にして、みんなで笑ってた。我慢しきれなくて……」

「笑うって、どうして？」

「裁判の練習に、ちょうどいい死に加減だとか戯《ざ》れごと言って。あいつら死んだ人間のことなんて、なんとも思ってないんだよ」

「そうかもね。でもさ、それ言うなら私たちだって同じじゃない。車にはねられ、死にました。家が全焼、死にました。釣り客溺れ、死にました。山で滑落、死にました。でも名前も年齢も次の日には忘れてる」

「それとこれとは違うよ」

「何が違うの？」

要は黙った。答えられなかった。海からの風が潮の香りを運ぶ。このまま歩いても落ち着ける店などない。少しずつ交通量が減って、アスファルトに寂しい色が混ざり始める。このまま海まで歩こうか。

「説明してよ！」

突然だった。

足を止めた美奈がめいっぱいの声を張り上げた。

悲鳴を聞いたように街路樹が揺れた。

誰かのクラクションが車道を駆け抜ける。

要は驚き美奈を見た。これほど感情的になった目を初めて見た。

「どうして話してくれないの。あの話だって、つきあえないって言うだけで、何も言ってくれない。もしかして、私のこと、見えてないの？　さっきだって、私と会うのわかってて、ほかの客ともめたりして。普通しないよ。普通さ、今日はどんな話をしよう、とか、食事のあとどうしようか、とか。普通そういうこと考えるんだよ。ほかの客の話が気に入らないからって首突っ込まないよ。ねえ、私はなんなのよ」

「だからそれは、自殺した……」

「自殺がどうしたのよ？」

なぜだろう。由愛には自然に話せたことが、美奈にはどうして話せないのだろうか。

やはり美奈とはこのまま離れたほうがいいのだろう。

いや違う。要は古市の言葉を思い出した。

自らの意思で未来を選択しなければ意味がないのだ。

今日は自分の意思で未来を選択する。そのつもりで美奈を呼んだのではなかったのか。

要は勇気を振り絞ろうとした。君に話したいことがあると。

そのとき美奈が一呼吸早く言った。

「三万人近くいるんだよ、年間自殺者。小中高生に限っても三百人もいる。いや、もっといる、多くは病死や事故死で片付けられてしまうから。そのひとつひとつに向き合うなんて無理だよ。やっぱり、深入りしすぎたんじゃないかな。引き際も肝心だよ」

要の口からはせっかく言おうとしたのとは違う言葉が溢《あふ》れた。

「引けない場合もあるんだよ。僕は普通じゃないから」

すべて自分のせいだとわかっていた。美奈には謝って路上で別れた。非礼の極みだと要もわかっていたが、美奈にしても一緒に食事などしたくないだろう。要はコンビニで弁当を買ってアパートの部屋で食べた。

ローテーブルの前であぐらをかき、ノートパソコンの電源を入れようとしてやめた。虚しさが胸の内から込み上げてきた。胸の中に大きな空洞があって、そこにはいつも冷たい水が溜まっている。普段は気にしないようにしているが、こういうとき決まって胸の中に冷たい風が吹いて、ピチャピチャ冷たい水が揺れる。夏でも震えるような寒さを感じて、眠れない夜もある。

誰もわかってくれない。自分は誰ともつながれない。

大学生だった頃、一人だけ父親の自殺を打ち明けた友人がいた。真夜中に彼のアパートで飲んでいて、お互いフリージャーナリストになる夢を語り合った。何かがきっかけで自殺の話になり、彼になら話してもいいと、父親が自殺をしたことを打ち明けた。

あのときいったい自分は何を期待していたのだろうか。

「ふーん。そうなんだ」

彼は缶ビールを飲み干し、ぐしゃっと握りつぶした。要は言葉を待った。しとしとと雨が降っていて、開けた窓から湿った空気と濡れたタイヤの音が入り込んだ。

彼が言った。

「あれとかいいんじゃない。ほら、同じ過去を持つ人同士が集まるイベントとかあるじゃん。慰め合うっていうか、傷を舐め合うっていうか、そんなやつ。ついでにそこで彼女もゲットしたら」

「ああ……」

酔った目が笑っていた。猥雑《わいざつ》な色さえ見えた。

自分の存在など所詮その程度なのかと要はしばらく落ち込んだ。そしてその友人とも次第に距離を置くようになった。

ふと由愛のことを思い出した。

由愛には話せた。そして楽しかった。

要はテーブルのスマホを引き寄せ電源を入れた。

12

近鉄名古屋駅3番線ホームの列に並んで、由愛は電車を待った。名古屋まで一人で映画を観に来た帰りだ。

日曜日の夕方のプラットホームは、ざわめきとアナウンスと息苦しさで高揚感があった。

どの家族にも恋人たちにも、幸せそうな疲労感が漂っていた。

「由愛ちゃん」

ふいに肩を叩かれ驚いた。

「由愛ちゃん、買い物？」

「えっ、なんで翔ちゃんがいるの？」

驚きと嬉しさのあまり、思わずタメロで話しかけていた。

「ごめん、翔君、いや翔さん……だよね」

さすがにこういう場所では敬語を使うべきだろう。

「翔ちゃんでいいよ」

「だって」

「本当にいいって」

翔が笑顔を見せる。とたんに、ああ、やっぱりこの人が好きなんだ私、と由愛は思う。そしてすぐ、本当に好きになっていいのか、迷う。

どうしたのと聞かれ、気持ちを見透かされたようで顔が熱くなる。

「翔ちゃん、一人なの？」

「ほかに誰かいる？　相変わらず見えてるんだ」

翔が聞き返す。由愛がぽかんとしてると翔は楽しそうに声を上げて笑った。

「よく由愛ちゃん、俺たちに見えないものが見えてるって、話してたじゃない。トイレの妖精とか」

「いやあの頃は子どもだったし。たぶん、わけわかんないこといっぱい言ってた」

それに、少しでも翔の近くにいたくて、でたらめな話をして兄からも疎ましく思われた。

電車が到着すると、翔はさっと乗り込み席を確保した。

「どう、慣れたもんでしょ」

由愛は窓際に座った。翔がリュックを下ろし腰掛けると、振動が伝わる。電車は二人掛けで、これから二人でどこかへ出かけるみたいな気分に酔える。

電車が駅を出た。名古屋から三重県に向かう。ビル群はみるみる遠ざかり、窓からは低い屋根が見える。

「毎日乗ってるから、席取るの上手くなった」

「そうか、大学生だもんね。あれっ、今日も学校？」

「うん。レポートの締め切り過ぎちゃって。どうかお願いしますって教授に頼み込んで」

「大変なんだ。毎日行っても、大学って、単位くれないんだ」

「毎日とは言ってない」

「さっき言った」

「毎日乗ってるって言ったの。大学とは言ってない。大学もときどき行ってるけど、バイトはほぼ毎日」

「なんのバイト？」

「パン屋さん。チェーン店の」

「翔ちゃんが、パン？」

「うん。焼くこともある。ほら、パンの匂いしない？」

由愛の顔の前に翔の腕がのびた。脱毛してあるようなつるんとした腕だ。

匂いを嗅いだけど、海のような匂いだと思った。これが翔の匂いなんだと思うとドキドキした。

「由愛ちゃんは蜂蜜の匂いがするね」

翔が嗅ぐふりをする。

ちゃ、チャラい。チャラいけど嬉しい。

「そ、そうかな……」

どう反応していいかわからず、由愛は顔を伏せた。

「そういえば昔、プーさんのぬいぐるみプレゼントしたのを覚えてない?」

「あぁ、小さいのもらった記憶ある」

「小さいは余分でしょ」

記憶どころか、今もベッドにある。部屋にかわいいものといえばそれしかない。くだらない話をしながら、由愛は、今もしかして自分は幸せを感じているんじゃないかと思った。そしてこれはあっていいことなのかと、不安が心の傷口にしみた。

「重たい話、していいかな」

翔の言葉を捉えきれないまま由愛は頷いた。

「裁判のことだけど、次も来るの?」

翔の視線を感じたままだと、言葉が出なかった。その代わりしっかりと首を縦に振った。

「来るんだ」

由愛はゆるりと顔を上げた。

「どうして?」

「それは……次はもっと聞いてて、つらい話になると思うから。みんなが傷つく。

正直、あんなの、なんのためにやってるのかわかんない。俺にしたって、自由に話すことは禁じられて、本当は今も話しちゃいけないんだ。弁護士が書いた下書きを覚えるだけ。そこにないことは、覚えていません、知りませんって言えばいい。どっちみち勝てないよ、由愛ちゃんち。って言うかさ、典洋にとってどうなのかって思うわけ。生きてた頃の、あいつの尊厳とかもっと大切なものがあるはずなのに、車に轢《ひ》かれて死んだタヌキがカラスに内臓つつかれてるみたいで、気持ち悪いっていうか、残酷っていうか」

そして翔はぽつりと言った。

「俺、あのあと、謝りに行った」

電車が揺れて翔の肩が当たった。そんなはずないだろうけど自分よりもろいんじゃないかと、由愛は錯覚した。

「知ってるよ。翔ちゃんが来たとき、私、リビングにいた」

「もちろん許してはもらえないだろうと思ったけど、心から謝った。だけど裁判ではあのとき謝ったことさえ否定しなきゃいけない。ありえないよ、こんなの」

「翔ちゃん」

翔がこんなに苦しんでいるのに、何もしてあげられない自分が情けなかった。かける言葉すら見つからない。

気がつくと、由愛は翔の手に自分の手を重ねていた。冷たい手だった。涙が落ちそうになってこらえた。気持ちを静める。

「なんとかならないのかな。お母さんは、きっと謝って欲しいだけなんだ」

翔のことを思えば、裁判を止めたい。でもそうなれば、母親の心はもっと深く病に蝕《むしば》まれる。

「そうだ」

翔の声が明るくなった。

「何？」

「達也たちと交渉してみる。裁判でいじめを否定する代わりに、三人で謝罪に行くって」

「もしいやだって言ったら？」

「裁判で本当のことを話す」

「そんなこと、できるのかな」

「うん。やってみる」

翔の声が力強い。久し振りに何かが前に進み始めた気がした。しかしすぐに、翔は沈んだ声になる。

「でも本当に、次来たら、つらくなるよ」

由愛は握った手に力を入れた。

「私は大丈夫。あの頃から少しは成長したから。それより翔ちゃんのほうが心配だよ」

「俺が？」

「うん。ねえ翔ちゃん、支え合えないかな、翔ちゃんと私」

由愛は一瞬、自分の声が信じられなかった。

自分にそんなことを言う、勇気があっただなんて。

「ありがとう」

翔があいた手で由愛の手の甲を包んだ。

翌週の日曜日、由愛は自転車で、「ブレッドカフェ・城山《しろやま》」に向かっていた。

今度は要から会いたいと言ってきたのだ。ラインには、お店のホームページが添付してあった。彼女とどうなったのか、由愛は気になった。要は親の自殺をまだ打ち明けられずにいると悩んでいた。そのハードルを越えないと何も始まらないと。

大切な人であればあるほど言えなくなるのだろうか。

店に着くと、窓際の席から手招きする要の姿があった。店内は広く、カフェスペースも、店内外に二十席以上はある。外にはハーブガーデンがあり、樹齢千年のオリーブやローズマリー、チャイブやセージなど何種類ものハーブが植わっている。なるほど。要はこういう外に向かって開放的な店が好きなのだと、由愛はひとつ覚えた。

店内は、昼食を豊かな気分で過ごしたいと願う家族連れで賑わっていた。

「中の席しか取れなくて」

「あ、いいですぜんぜん。私そんなの気にしないから」

きっと要はデートのときもしっかり予約するタイプなのだろう。

パンと飲み物を買って、テーブルに戻る。由愛は前に座った要のトレイを見て笑った。せっかく三重県フェアと称しておいしそうな創作パンがあるのに、要が持ってきたのは、クリームパンと焼きそばパンだ。

「せっかくいろいろあるのに」

「いや、これでもけっこうおいしいんだよ」

「そういう問題じゃないし」

「そういう由愛ちゃんは、けっこう食べるんだね」

要が意外そうに見た。

由愛のトレイには、錦爽《きんそう》どり唐揚げバーガーと自家製牛肉ゴロゴロカレーパン、そしてブルーベリータルトだ。

「お父さんから、娘は食が細いって聞いてたから」

「ああ、最近なんか、食欲が出てきて。遅咲きの育ち盛りかも」

「変な日本語」

「JKだから。ところで今日はどうしたんですか？　彼女と結婚することになった報告とか。祝福の心構えはできてますよ」

「残念だけど、彼女とは上手くいかなかった。由愛ちゃんのほうが何かいいことあったみたいだね。この前会ったときとはぜんぜん違う」

「そ、そうかな」

さすがに翔のことを話すのはまずい気がした。すると要は由愛がご機嫌な理由を勝手に想像して聞いてきた。

「そうか。お父さんにちゃんと話したんだ、アルコール依存症のこと」

「いや、それは……」

由愛は視線を逸らす。キッズコーナーのすべり台で子どもたちがはしゃいでいた。

「まだちゃんと話せてなくて」

「見ないふりはよくないよ。いつか君を苦しめる」

要の言葉が重く心にのしかかる。

真夜中にキッチンへ足を運ばなければ、酒を飲む父親の姿を見ることもない。今のところ暴れたり、家のものを壊したり、母親に暴力を振るった様子もない。いや、母親は以前から飲酒を認めているではないか。こんな両親がいることは、恥ずべきことなのか。

問題は父親のアルコール依存症だけではない。母親だって兄の死から立ち直れていない。もうどこか別の世界の住人のようで、何を求めているのか由愛にもわからない。昨日は夕飯も作らず、由愛は姿を見ていない。風呂場のタオルが濡れていたから同じ屋根の下にはいるのだろう。せっかく何かを変えたいと思っても、どうにもならない。

「みんなおかしいんです。私も含めて。兄の死がきっとウイルスを運んできて、家族みんなが冒されてどうしようもなくなってる。お父さんのアルコールも問題なんだろうけど、私の家族はもう沈むだけです」

「だからこそ由愛ちゃんが」

どうしてこの人は私に期待するのだろうか。要を拒む気持ちが湧いた。

要は自分の思い出話を始めた。小学生の頃から絵の才能があると褒められて、自分でもイラストレーターになりたいと思ったこと。両親の仲がいい頃は、美術館へ足を運んだり、県のポスター展で賞を取ったこともあったこと。絵を描くために旅行へも行った。岡山、京都、静岡と、事細かにそのときのことを話す。

パンを食べ終えてしまうと、由愛はだんだんと退屈になってきた。そしていらつき始めた。

いったい何が言いたいのだろう。

要の両親に関する話は進み、父親の浮気から不仲になったこと、暴力が始まったこと、母親が消えたこと、アルコール依存症のこと。話が二人の共通項である自殺のことに及ぶと、要はまるで自分や由愛を、雨の中に捨てられずぶ濡れになった仔《こ》犬《いぬ》のように表現した。

「僕は由愛ちゃんとこうしていると、とてもくつろぐんだ。それはきっと、お互いに弱い存在だからだと思う」

要がそう言い切ったとき、いらつきの原因がわかった。そして勝手に口が動いていた。

「私、要さんが思っているほど弱くないです。要さんにとっては、そのほうが都合がいいんでしょうけど。でも、今話していることは、要さんの彼女に言って下さい」

「そ、そうだね」

「本当は、彼女なんでしょ？　要さんの前で、頷きながら話を聞いて欲しいのは。それなら、ちゃんと向き合って下さい」

自分でも驚くほど言葉が出た。澱《おり》のように心の底に溜まっていたのだろう。謝るのも変で、由愛が黙っていると、要が頭をかいた。

「そうだよね。僕の勝手な妄想につきあわせてしまった」

「何が妄想なんですか？」

「だから由愛ちゃんが言った通りのこと。向き合う相手は由愛ちゃんじゃないし、由愛ちゃんは弱くない」

「要さんだって弱くないです。ただもう少しだけ勇気が必要なのかも。大切な人と歩くためにも」

「やっぱり勇気だよね」

「はい。勇気と呼ぶには、ほんの小さな感情のかたまりかもしれないけど。それでも勇気は必要です。生きていくために」

「そうだね。生きていかなきゃ」

「そうです。生きている人間は、自分の人生を生きなきゃいけないんです」

ふと由愛は兄の気配を感じた。まるで兄が喋らせているようだ。

そして、自分にも必要なものがわかった。

誰が泣こうが、誰がわめこうが、裁判でどっちが勝とうが、必要なのは母親の心の中に、兄の墓標を建てることだと。そして彼女自身の時間を取り戻すことだと。

母親だって、心のどこかでわかっているはずだ。


その日の夜だった。

由愛は兄の部屋の前に立っていた。中には伊代がいる。昼間、要の前であんなふうに強く振る舞ったのは、自らを鼓舞するためでもあった。

部屋の中から歓声が漏れてきた。テレビから流れている。その歓声の中には由愛の声もあって、翔もスタンドのどこかで兄の走りを応援していたはずだ。

ドアを開けると壁一面に典洋の写真が、心の病を誇示するように貼りつめてあった。伊代はドアに背を向け、リビングから持ち込んだ大画面テレビに見入っていた。

典洋が使っていた青い座椅子は破れてスポンジがはみ出しても、伊代はかまわず使い続けている。

画面の中ではファンファーレが鳴り響き、千五百メートル県大会決勝が始まろうとしていた。ファイナリストの名前が一人ずつ呼ばれる。典洋も呼ばれると手を上げて応えた。とたんに伊代が拍手を送った。

一瞬の静寂のあとピストルが鳴りスタートがきられると、テレビから割れんばかりの声援が沸き起こった。典洋は出遅れたが、先頭集団は映らず画面はずっと典洋を中心に構成されている。撮影したのが伊代だから当然だ。

由愛はカーペットに転がっているテレビのリモコンを取り画像を一時停止させた。ちょうど兄のアップで止まった。

振り返り由愛を見た母親は、意思を持っていないように見えた。

「何？　うるさかった？」

「違う、学校のこと。私看護学校へ行きたいから、塾行って勉強する。いいよね」

「そんなことしなくていいし。由愛にはきっと無理よ」

「無理じゃないよ」

「そんなことより、一緒に応援しましょ」

母親がリモコンのボタンを押した。止まっていた典洋が動き出す。声が溢れる。

「それって異常だよ。わかってよお母さん」

「何言ってるの。ほら、典洋ファイト！　ラストファイト！」

「お兄ちゃんは、死んだのよ。もう帰ってこないの」

「典洋、ファイト！」

「お母さん、もうお兄ちゃんのことは忘れようよ」

どれだけ言っても無駄だった。

伊代は画面の中の典洋に声援を送り続ける。これ以上話すのは無理だと由愛は思った。

「由愛はほんとうに知らないの？」

唐突に聞かれた。

「何を？」

「黄色のスパイクシューズ」

「知らないよ」

「あなたもこっちへ来なさい」

母の魂は兄の死という深い沼に沈んで、もうどこにあるのかもわからない。

「ねえ、来なさい」

差し出された伊代の手を、思わず由愛は払いのけた。

「どうして逃げるの」

母親の手が由愛の足首をつかむ。バランスを崩し由愛は倒れた。母は強い力で引きずり込もうとする。

「いやだ、いやだ」

由愛は思い切り足を蹴った。捕獲されたバッタのように。足が母親の体のどこかを蹴った。腐った果物がつぶれるような感触が足裏に残り、由愛は自由になった。

音楽を聴くのもやめて、夜中まで由愛はずっと自分の部屋で耳をそばだてていた。父親が帰ってくるのを待ちながらぼんやりと考える。

黄色いスパイクシューズは本当にどこへ行ってしまったのだろう。兄と由愛のラッキーカラーだったはずの黄色が母親を苦しめている。

車が車庫に入る音がした。由愛は時計を見た。午前一時十五分。

車のドアを開け閉めする音が何度か聞こえた。父親が飲み始める前に話そう。由愛は待ったが玄関から音が聞こえない。静かに開けたのだろうか。

要から手渡されたパンフレットを持つと、由愛はゆっくりと一階へ下りた。

常夜灯が点いた廊下を歩き、リビングのドアを開けた。あれっ、と思った。キッチンまで続く部屋に明かりが灯《とも》っていない。誰もいない？　なんで？

由愛は電気のスイッチを入れた。リビングが明るくなる。その瞬間、物音か父親の声がすると想像していたが、何もなかった。喧噪《けんそう》を失ったリビングで家具だけが、明日を想像することをあきらめたオブジェのように寡黙に佇んでいた。

陰になったキッチンを注意深く見たが人の気配はなく、由愛は小走りで近づいた。キッチンの奥も空っぽだ。

「どうして？　まさか……」

由愛はつぶやくと家の中を探した。どこかで倒れているとか。脳梗塞とか、考えられなくもない。

由愛は焦った。しかしトイレにも風呂場にも父親はいなかった。

車？

由愛は外へ出た。駐車場を見て驚いた。いつの間にか電灯が取りつけられ、駐車場が明るく照らし出されている。雑誌が読めるほどの明るさだ。そして――父親が車の中で本を読みながら酒を飲んでいた。いや、酒がメインなのだろう。パックから紙コップに透明な液体を注いで飲む。グビッと音が聞こえてきそうだ。満足そうに顎を上げ首をひねる。桜の花でもあればぴったりだ。まだ夜は寒いのだろう、窓ガラスは閉まっていた。

父親の愉しみも満足も、もう家の中にはない。気持ちはわかるが、それとこれとは別だ。勇気を出して言わなきゃ。

由愛は車に歩み寄ると窓をノックした。父親は顔を上げると、エンジンをかけ窓ガラスを下げた。排気ガスの臭いが鼻をつく。

「驚かすなよぉ。何してるんだ。こんな時間に」

おどけた声を出す。機嫌はいいみたいだ、今のところ。しかし気をつけなければ、酒を飲んでいる人の機嫌は当てにならないとアルバイトで学んだ。

「何してるのって、お互いさまでしょ。ちょっとエンジンを止めて」

「ああ……」

父親も自分の行為が不自然なことだとわかっていたのだろう、ま、まあ乗れよと、助手席に置いてあったつまみや雑誌をダッシュボードの上に追いやった。

酒の臭いが充満した車に乗りながら、由愛はいやなものを見てしまった。後部座席に布団がまるめて積んであった。

酒だけは手から放さない。

「お父さん、わかってるの？」

「何が？」

「お酒だよ。仕事中も飲んでるんだってね」

「だ、誰がそんなことを」

「大同さん。大同要って新聞記者」

「ああ、あの兄ちゃんか。余計なことを。俺だってな、わかってるよ。仕事中はほどほどにしてる」

基準がずれているのにわかっていない。

「その気になれば、酒ぐらいいつでもやめられる」

「依存症の人はみんなそう言うって」

「ふん。いいじゃねーか。悪いことしてるわけじゃなし」

「じゃあ、どうして隠れて飲んでるの」

「隠れてなんかないよ」

「ここ、家の外だよ」

「だから、違うんだよ。ちゃんと風呂にも入るし」

「なんで布団があるの？」

気になって聞いた。

「それな。正直もう」

父親はそこで言葉を切った。迷った目でフロントガラスの向こうの闇を見た。そしてゴクリと酒を飲んで言った。

「正直もう、一人になりたくてな。家の中で寝るのがおっくうなんだ。他人みたいな顔したお母さんと一緒にいると、哀しいというか、虚しいというか、自分が哀れになってきて。いっそ一人のほうがいい。何処《どこ》かへ行ってしまいたくなる」

何処かへ行きたい……。

いやな予感がした。兄もいつだったか口にしていた。すがるように由愛に。由愛はそのとき答えた。「行けばいいじゃん」と。

「どっかへ行ってしまったほうが、家族のためにいいのかな。こんな父親」

初めて聞く父親の弱々しい声だった。

由愛は焦った。

「駄目だよ。それよりお父さん、聞いて。私、看護学校へ行きたいの。将来安定してるし、お給料だっていいし。だからちゃんと勉強したくて、塾へ行きたい」

「ほう、そうなんだ。いいじゃないか、行けばいいよ。嬉しいな。初めてだな、こんな相談してくれたの」

父親の表情が晴れた。

「なのに、お母さんは行かなくていいって。看護学校も、塾も」

「なんだと……どうして？」

「わかんない。今まであんまし勉強しなかったし、こんなこと言わなかったから」

「できないから塾行って、勉強するんだろ。よし、俺が話してやる」

「ほんとうに」

由愛は父親の力強い声に、何かが変わりそうな気がした。

父親はぐいっと紙コップの酒を飲み干した。

車を降り家に入る。ミシミシと音を立て二階へ上がると、兄の部屋の前に立った。こぶしで殴るようにドアを叩く。由愛はちょっとまずいかなと、油ぎった横顔を見た。

ドアが開いて出てきた母親の顔は幽霊のようだった。寝ていたのだ。父親はずかずか入ると電気を点けた。

「な、何よ、こんな時間に……。由愛、まだ寝てなかったの」

「何が寝てなかったのだ。おまえ、由愛が看護学校へ行きたいと言ってるのに、行かなくていいと言ってるそうだな。塾も。何を考えているんだ」

「そっちこそ、何考えてるのよ。酒飲んで、酔った勢いで怒鳴り散らして。明日にしてよ」

「駄目だ。今話をする」

「もう寝るから」

部屋から押し出そうとした母親の体を、父親が突き飛ばした。伊代の顔に戸惑いと恐怖の色が浮かんだ。

「なんで塾へ行かせないんだ」

「お金がかかるでしょ」

「お金はあるだろ。俺が働いてるんだから」

「裁判費用だって、バカにならないのよ。もしここで駄目なら、次は名古屋高裁だし。由愛は別に無理しなくていいのよ」

「裁判なんてどうでもいいだろ」

「どうでもいいって、どういうこと？ あなた典洋のことをどう思ってるの。裁判だって一度も顔を出さないし」

「典洋はもう死んだんだ。こんなもの、いつまで貼ってるつもりだ。こんなもの」

父親が壁に貼ってある写真を剝がし始めた。

「何するのよ。やめて。やめてよ」

細い枝のような腕が背中にしがみつく。しかし母親の体は振り払われ床に転げた。

すると今度は父親の足にしがみついた。

「由愛、110番に電話して。この人くるってる。由愛お願い」

「くるってるのはおまえだろ」

「二人ともやめて！」

由愛は叫んだ。

兄の写真が一枚ずつ剝がされていく。満面の笑みを浮かべたピースサインが床に散る。兄はいったい今何を見て、何を思っているのだろう。

父親が転んだ。何するんだと、父親が髪をつかむ。悲鳴が上がる。母親は父親の顔や胸を殴る。

「やめてったら！」

由愛が叫んでもやめそうになかった。

「どうせなら殺してよ！　私を殺して」

突然、母親が全身の力を抜いて横たわった。

「ああ、そうか。わかったよ」

父親の肩が揺れる。手が喉にかかる。次第に呼吸が荒くなり、目に怪しい光が満ちた。

どうなってしまうんだろう、私の家族。何かが変わりそうな気がしたのは間違いだったのだろうか。しかし目を逸らすことはできない。これが私の家族なんだ。

大きく揺れながら、本当にこの家族は沈み始めた。

由愛はふと翔を思った。

胸が苦しくなった。

いやだ。

沈みたくない。

家族と一緒に沈むわけにはいかない。

ふとドアのそばの、兄が筋トレで使っていた三キロの鉄アレイが目に入った。由愛は両手で持ち上げると、力いっぱい投げつけた。

ガシャン!

窓ガラスが砕け散る音がした。

二人は驚き、ようやく体を離した。

「お父さんもお母さんもやめて。誰も死んじゃいけないんだよ」

由愛は立ち尽くしたまま泣いた。

13

津地方裁判所の302号法廷に大同要が着いたのは、開廷五分前だった。傍聴席入り口横の掲示板で確認すると、十三時三十分から十七時まで時間が取ってあった。そっとドアを開けた。リュックを腕に抱え直し傍聴席に入ると、皆静かに裁判官と裁判長を待っていた。

奥には学校の一団が、ほぼ黒い服装で固まっていた。今日は三人の同級生が尋問を受ける予定だ。

この件はすっかり要に任せるつもりなのだろう、毎経新聞の米沢の姿はなかった。

今日も伊代が静かに典洋の遺影を抱いていた。黒い服を着て痩せたカラスのようだ。その右隣には由愛がこぶしを握って座っている。緊張しているのは当然だが、その目には、強い意志も感じた。

要は二人に声をかけることなく中央前列に座り、ノートを出した。一木も山田も視線を交わすことなく、机上に置かれたブルーのバインダーを開き資料に目を通していた。そういえば居酒屋の件で二人から新聞社へクレームはなかったようだ。要は覚悟していたが、今のところ坂上からは何も言ってこない。

裁判長が二人の裁判官を伴い入廷した。全員起立し、一礼する。

「本日は被告の三名に質問を行います。まずは切羽さんかな」

書記官が頷き、傍聴席で待機していた切羽達也の入廷を手で促した。この前も来ていたからだろう。今更戸惑うことなく中に入ると、証言台の前に立った。

名前と生年月日を名乗ったあと宣誓をし、着席。まずは学校側の代理人山田から、当たらず障らずの質問があった。

ひとことで言えば、当時も今も典洋をいじめていた認識はないということだ。

そして一木の質問に移る。先日のこともあって、要は真剣に聞く気になれなかった。きっと裏で何か、お約束があるのだろう。

立って達也のほうへあゆみ出る所作も演技に見えてしまう。

「切羽君にまず伺います。切羽君は日常的に典洋君に対し、暴力を加えていましたね」

「いいえ」

「肩パンチとか」

「だから遊びだって。いじめてねえし」

「切羽君の身長と体重を教えて下さい」

「はあ……身長百八十六で、体重は、えー今は九十キロくらいあるかな」

「典洋君は、身長百七十二センチ、体重六十四キロでした。これだけの体格差がある人間がぶつかってきたら、暴力だと思えませんか」

「知らねえよ、そんなこと」

「顔も殴りましたよね、あと腹も」

「それは典洋が先生に言いつけてやるとか言うから、それなら派手にやったほうが告げ口のしがいがあるだろうと思ってやりました」

「典洋君は、何を告げ口しようとしたんですか？」

「いろいろじゃないですか。煙草《たばこ》とか、酒とか。よくわかんないっすよ。人のことまで」

「あなたさっき、いじめてないと言いましたが、典洋君が自殺をしたと聞いたあと、教室で叫びましたよね。どうせ死ぬんだったらもっといじめておけばよかったと。叫びましたよね」

「あぁ、よく覚えていません」

「典洋君の自殺のあと、すぐに学校を変えたのはどうしてですか？」

「犯人捜しが始まると、野球部に迷惑がかかると思ったからです。あ、俺野球部だったし。ネットにも名前出てたし」

「学校から身を隠すように言われたんじゃないですか？」

「自分の意思で行きました」

「学校はどうやって探したんですか？」

「自然に……かな。あんまし覚えてないから」

「そうですか。覚えてませんか」

「なんか、普通に見つかりました」

よくこれだけ適当に話せるものだ。要は不快感に眉をひそめた。

「川谷先生は切羽君から見て、どういう先生でしたか？」

「いい先生でした。信頼できて、僕たちのことをいつも考えてくれていました」

今日は川谷先生も池田先生も姿がない。

「そう……透明ちゃんとか、透明先生とか呼んでいたのではなかったですか？」

「覚えてません」

「川谷先生から生活指導を受けたことはありますか？」

「覚えてません」

「あなた、成績はよくなかったんですか。覚えてないことばかりですね」

「なんだこいつ」

切羽が一木を睨みつけ、椅子から立ち上がろうとした。

「切羽君。冷静にね」

代理人の山田が野球の試合中のように、肩をぐるぐるまわしてリラックスさせようとする。

「では次の質問です。切羽君は、典洋君のことをガンチンと呼び、それを学校内で広めようとしましたよね」

「違いますよ。それ、言い出したのは千乃《ちの》ですよ。俺じゃない。これは本当」

「堀部千乃さんですか？」

「そっ」

学校側の傍聴席に一人だけ若い女性がいた。

「ガンチンというのはどんな意味ですか？」

「えっ……言っても、いいんすか？」

「はい。質問にはできれば答えて下さい」

「あの……ガンメンチンコという意味です」

「なんですか、それ？」

「だから、顔がちんこみたいだっていう意味ですよ」

要は思わず、左後方に座っている由愛を見た。特に顔色は変えず、まっすぐに達也を見ていた。要には達也の屈強な後ろ姿しか見えないが、由愛の席からだと横顔が見えるだろう。

「どうしてそう呼んだのですか？」

「知らないって。千乃に聞いてよ」

「切羽君がもしこういう名前で呼ばれたら、どう感じますか？」

「うーん、まあ、ふざけんなって感じですかね」

「相手に対してどうしますか？」

「まあ殴る。あ、でも実際わかんない。相手が先輩とかなら、いじられキャラに徹するかも」

「典洋君はどう反応していましたか？」

「笑ってました。いや、ほんとだって。だってあいつ、俺たちがいじらなきゃ誰もいじってやらなかったし」

「ガンチンはクラスの中でどれくらいの生徒が口にしていましたか？」

「男子は全員で、女子は三分の一くらいかな」

「典洋君からやめて欲しいと言われたことはありませんでしたか？」

「ああ、あったけど、俺らのルールでは、やめて欲しいはやって欲しいなんで」

「はあ？　言っている意味がわからないんだけど。じゃあ本当にやめて欲しいときはどうするんですか？」

「それはできないっていうか、そんな権利はないんです」

「なぜですか？」

「ガンチンだから」

聞いてるだけで頭がおかしくなりそうだ。おそらくは理解できると考えるほうが間違いなのだ。ノリと空気と気分。こういう人間を作っているのはそれだけだ。理解しようと努めるだけ無駄なタイプ。要が避けてきたタイプの人間だ。

「それでは京都での一泊研修旅行について聞きます」

「えっ……」

「フィールドワークって、やりましたよね。京都で」

達也の声が消えた。ん？　と要は手を止めて法廷を見た。達也は山田のほうを見ていた。これは前回の審理では出なかった話だ。

「宿泊先での部屋割りは何名でしたか？」

「えー、五人か六人か……ほかの部屋からも遊びに来てたから、正確にはわかんない」

「そこで何があったか教えて下さい」

「えっ」

達也は黙った。覚えているとも、いないとも言わない。山田を見ているがこれといった指示は窺えない。山田も知らなかったのか。

一木はしばらく待つと、「では私から言いましょうか」と言って、傍聴席の伊代を見た。「話してもいいですよね」と、問いかけているようだ。伊代がゆっくりと瞬《まばた》きした。それが返事なのだろう。一木が達也に向き直った。

「覚えていませんか。切羽君と、それから神田君ほかは布団の上で典洋君を押さえつけ、ズボンとパンツを下ろしましたよね」

達也はじっと一木を睨みつけた。ふと見ると神田翔は下を向いたままだ。

「そして陰茎を刺激し、射精させましたね。なぜそんなことをしたのですか」

「……それは、典洋が、オナニーとかやったことねえって言うから、面白がって……それに、実際やったの翔とか、ほかのやつだし。そう、ほかのやつ」

「じゃあ切羽君。あなたはそのときどうしてましたか」

「笑って見てたかも」

「あなたは自分が射精するとき、誰かに笑って見ていて欲しいですか？」

「……だからそれは」

「そのとき典洋君は全裸でしたか？」

「……」

「そのとき典洋君は抵抗しませんでしたか？」

「……」

「そのあと典洋君は、何か言わなかったですか？」

「……」

「そのあと典洋君は、泣いていませんでしたか？」

「……」

「あなたがたのそうした行為が、著しく典洋君の自尊心を傷つけたとは思いませんか？」

一木がひときわ強い口調になる。

だんだんと達也がふてくされた顔になった。

「切羽君。何か言ってもらえませんかね？」

「めんどくせー」

達也が大声で叫んだ。

「切羽達也さん。あなたは被告として今ここにいることを、しっかりと自覚して発言するように」

裁判長が注意した。こんな光景は稀《まれ》だ。

「切羽君。謝罪する気にはなりませんか？」

「誰に？」

「人見典洋さんと、そのご遺族にです」

「なるわけないでしょ」

「どうして？」

「別に俺、いじめてないし。あいつだって俺のバッグ蹴ったし。えらそうに」

「それだけ典洋君は、追い詰められていたんじゃありませんか。しかもあなたは、スマホで撮影した動画を、典洋君が好きだった女子生徒に見せましたね」

「どうだったかな……」

「もう一度聞きます。謝ろうとは思いませんか？」

「思いません。百回聞かれても千回聞かれても思いません。十年経っても百年経っても謝ったりしません」

「こちらからの質問は以上です」

一木が座るのを見届けると、達也は全体重を背もたれにかけ、「はあー」と天井を見上げた。

「切羽君。もういいですよ」

書記官が立って傍聴席へ誘導した。達也は楽勝だぜ、と笑った。

入れ替わりで女性が入廷し、証言台の前に立つ。堀部千乃だ。服装こそ上下黒でまとめているが、ストッキングのくるぶしあたりに金色の蝶が飛んでいた。髪はショートで、そういう色なのか手入れが行き届かないのか、随分赤茶けている。

宣誓をし、証言台の前に座ると一木が質問を始めた。

「あなたは、というかあなたも典洋君が自殺したあと聞き取り調査を受けていませんが、なぜですか？」

「わかりません。私は休めと言われたので休んでいました」

「誰から言われたんですか？」

「さあ、学校から電話があったって母が言ってました」

「典洋君が携帯に残した遺書に、いじめた人の名前としてあなたの名前があったようですが、それを聞いたとき、どう思いましたか？」

「どうって……まあ、逆恨みだと思いました」

「逆恨みとは、どういうことですか？」

「典洋は、私のことが好きで、私が嫌がったから、私を恨んだのだと思います」

「好きだった？」

「はい」

「じゃああなたは、あなたに好意を持っているとわかっていながら、ガンチンという屈辱的なあだ名をつけたんですか」

「それは逆です」

「逆とはどういうことですか？」

「典洋が、突然ラインでエッチさせてくれって言ってきて、やばいと思って剣道部の男子に相談したんです」

「剣道部？」

「あ、私、剣道部だったんで。そしたらその中の一人が、あいつ顔面ちんこに似てるからとか言って、それが伝わったんだと思います」

「典洋君が送ってきたラインは、彼自身の意思で書いたんですか？　誰かにむりやり書けと脅されたとは考えられませんか？」

「たぶん本人だと思います」

「なぜそう思うのですか？」

「しばらくして、典洋が謝りに来ました」

「直接あなたに？」

「はい。変なライン送ってごめんと」

「それだけですか」

「はい」

「典洋君が自殺をしたと聞いたとき、あなたは何を考えましたか？」

「もうちょっと、ちゃんと話を聞いてあげればよかったと思いました。ガンチンと呼んでいたときも、そんなに嫌がっているように見えなかったし」

堀部は感情の揺れを感じさせない、張りのある強い声で答え続ける。

「じゃあ、消しゴムのかすをぶつけていたときもそうですか？」

「はい。休み時間に、五つ命中したとか、私に笑いながら言ってました」

「追い詰められて、もう笑うしかないとは考えませんでしたか？」

「そのときは、そこまで考えていませんでした」

「今は考えられるということでしょうか？」

「それは……」

喋りすぎたと思ったのか、堀部は山田弁護士を見る。山田はやわらかい表情で頷く。

「……思います」

「さっき、ちゃんと話を聞いてあげればよかったというのは、どういうことでしょう？　もう少し具体的に話してもらえませんか」

「放課後よく私に、愚痴みたいな感じで話しかけてきました。テストのことや、陸上部でタイムがのびないときとか。先生のことも。私も剣道部があったんで、うるせえ、男のくせにぐじぐじ言うなよって、言うことがあって、今考えると、そう言われるのが嬉しかったのかも。あぁ、なんか、自殺する前、なんのことかよくわかんなかったけど、ラインが来てました。もうおまえの気持ちはわかったとか。なんだったんだろ」

「もっと丁寧に彼の話を聞いていれば、自殺はしなかったと思いますか？」

「それはわかりません」

「さっきも切羽君に聞きましたが、典洋君やそのご家族に謝りたいという気持ちはありますか？」

とたんに今まで我慢していたかのように、声が感情的になる。

「だから、どうしてなんですか？ 私が聞きたいです。なぜ私なのか、死んでからストーカーされてるみたいです。せっかくいい思い出もあったのに」

「いい思い出とはなんですか。ここで話して頂けますか？」

「……その頃私、母親からよく暴力を振るわれていました。典洋はそのことを知っていて……ていうか、典洋には話せたんです。よく、おまえも大変だなとか、大人になるまでの辛抱だとか励ましてくれました。嬉しかったです。だからまったく嫌いってわけでもなかったのに……」

要はこのまま泣き出すのではと思ったが、彼女は泣かなかった。

「ずるいですよ。名前を書き残して死ぬなんて。そんな勇気が、死ぬだけの勇気があるなら、ちゃんと話せばいいじゃないですか。私に恨みがあったんなら、殴られたっていいですよ」

そして彼女は一木を睨みつけて言った。

「あなただって、典洋の代理人だって言うなら、代わりに答えて下さい。何で死んだんですか！」

一木のほうが問い詰められたように要には見えたが、動揺した様子はなかった。

「行動にも、言葉にすらできないくらい、傷ついて追い詰められていた。そうした典洋君の気持ちを想像することはできませんか？」

一木は淡々と話す。

「できません。そして、謝罪する必要もありません」

きっぱり口にすると彼女は正面を向いた。

体をずらして要は、伊代と由愛を見た。伊代は少し疲れた表情で、溜息をつくと俯いた。膝に置いた遺影の枠をいとおしげに撫《な》でる。由愛は何を考えているのかわからないが、被告への質問が始まったときより哀しそうに堀部千乃を見ていた。女性として理解できる部分があったのかもしれない。

「私からは以上です」

次はもう一人の被告、神田翔だ。

伊代から聞いた話だと、彼は中学時代は親友で部活も同じだったはずだ。今度こそ、前の二人とは違った反応が見られるのではないかと、要は期待した。

十分間の休憩に入り、要は改めて高校側の一団を見た。傍聴席にいるのは学校の関係者だけで、達也も堀部も翔も、友人や親兄弟の姿はまったく見当たらなかった。日本人は裁判に対して拒否反応が相変わらず強い。

それはこの裁判に限ったことではない。外国人が被告人の場合、家族や友人が涙を流しながら刑事裁判を見守る光景をよく見る。

日本人の裁判で身内が来るのは、父母が身元引受人として出廷しているケースくらいだろう。日本人は犯罪に優しく犯罪者には冷酷だ。誰も来ないことによって社会的制裁を受けたと見做《みな》されるのだろうか。そんなことを要が考えていると、裁判官たちが再び入廷した。

神田翔が法廷内へ進む。

グレーのスーツに、黒と深緑色のストライプのネクタイは少しおしゃれに見えた。確かまだ大学生だったはずだ。入廷する姿は、小柄だが運動神経はよさそうに見える。小顔で茶髪。

わずかの間だが、翔だけが典洋の遺影を見た。そして一瞬由愛を見て頷いた。一木は証言台の前に翔が立つ。型どおりの手続きのあと椅子に浅く腰をかけた。一木はその場で立つとファイルを開いた。

「神田翔君と切羽君は高校時代、どういう関係でしたか？」

「どういうって……同級生で、部活も野球部で同じでした」

「二人のあいだに、上下関係とかはありましたか？」

「……特には」

「切羽君のために、よくジュースを買いに行ったりしていませんでしたか？」

「それは、まあ、ありましたけど、お金はもらっていました」

「本当ですか。典洋君が全部出していたのではなかったですか？」

「いいえ」

「神田君も典洋君に消しゴムをぶつけていましたよね」

「それは……はい」

「あなたが切羽君の指示で、消しゴムを買わされていたということはありませんでしたか？」

「ありません」

「典洋君は？」

「ないと思います」

代理人が繰り出す質問は、おそらくあったことなのだろう。しかしこうした印象にだけ頼って裁判官の心を動かすのは難しいだろう。要まで大きく溜息をついてしまった。

何より伊代の願いは、被告から謝罪の言葉を引き出すことだ。そして要は一木が繰り出す質問を聞きながら理解した。

確かに一木は丁寧に事実を聞き出すことで、なんとか糸口を探ろうとしていた。一木は被害者の側に立っていた。要は居酒屋での自分の行為が軽率だったと思えてきた。彼らはあくまで代理人であり、事実を明らかにする以外には手段を持たない。検察のような捜査権も持たないのだ。できることは限られている。

「神田君も典洋君をガンチンと呼んでいましたか？」

「教室では……」

「教室を出ると言わなかったのですか？」

「そう、です」

「なぜですか？」

「それは……」

「本当はそんなふうに典洋君を呼びたくはなかった。切羽君の目があったからしぶしぶ言ってたんじゃないですか？」

「いえ、そんなことありません」

「では、なぜですか？」

「好きな言葉じゃなかったから」

「中学では、神田君と典洋君は同じ陸上部でしたよね」

「はい」

「仲はよかったんですか？」

それこそ伊代から聞いて知っているくせに、あえて質問をしている。

「まあ、普通には」

「仲のよかった典洋君をいじめているとき、どういう気持ちでしたか？」

「いじめていません」

「あなたは典洋君と、黒板の前で、ビンタをやり合いましたよね。なぜそういうことをしたのですか？」

「あれは、ただの遊びです」

「遊びで、そんなことするんですか？　痛いでしょ」

「まあ、普通に、我慢くらべみたいなものですから」

「普通にというのは、みんなやってたってことですか？」

「みんなとは、言ってません」

「神田君と典洋君が、見世物的に、誰かの指示や命令で、むりやりやらされていたんじゃないですか？」

「違います」

「じゃあ、ほかに誰がやっていましたか？」

「知りません」

「知らない？」

「やってたはずだけど、覚えてないです」

「君も覚えてないですかぁ」

「……」

一木は机の横に立つと、渋い顔で一歩二歩と証言台に近づいた。

「あなたは今、大学生ですよね」

「はい」

「大学には、入学試験を受けて入りましたか？」

「……はい」

「高校から便宜を図ってもらったりはしていませんか？」

「してません」

「どんな試験でしたか?」

「面接と小論文でした」

「あなたにも切羽君と同じ質問をしますが、京都のフィールドワークで、何があったんですか?」

「えっ……」

「典洋さんを全裸にしましたよね」

「……」

「そのあと、陰茎に刺激を与えたのは、神田さんですよね。違いますか?」

「……」

「あなたはそのとき、どういう気持ちでやったんですか?」

「……」

「酷すぎるとか、やめようとか思わなかったですか?」

「……」

「それもノリというやつですか?」

「……」

「そのあと、あるいは何日か経ってからでもいいですが、彼と何かそのことについて話したことがありましたか?」

「……」

「典洋君がそうした侮辱を受け続けたあげく、自殺をしたとは思えませんか? こうしたことはいじめではないんですか?」

「僕は……僕は、いじめていません」

絞り出すように翔が言った。強気な言葉とは裏腹に、翔はうなだれていた。

「それではなぜあなたは、人見さんのお宅へ謝罪に行ったのですか?」

「あれは……」

「行きましたよね。謝罪に。そこであなたは、申し訳ないって、泣いて謝ったんではないんですか。あれはなんだったのですか? 勇気を出して、本当のことを言って下さい。あなたの良心に問いかけてみて下さい。典洋君はきっとあなたの言葉を待っています。あなたの良心から出る言葉を」

一木がここで勝負に出たのが要にもわかった。決め球を翔の良心という名のミットに全力で投げ込んだ。じっと翔の口が開くのを待つ。学校関係者の表情がにわかにこわばった。

要は今までに何百回と法廷を見てきたが、これほどひとつの証言に心が苦しくなったのは初めてだ。

翔が振り返って傍聴席を見た。学校側ではない、まっすぐに由愛を見ていた。そしてまた正面を向くと静かに言った。

「良心ってなんですか？　必要ですか？」

一木が瞬間目を閉じる。落胆したのだろう。それでも再び自分を励ますように言葉に力を込めた。

「神田君。この世界には、推測だけでは埋めきれないものがあるんですよ。だから良心が必要なんです。典洋君の理不尽な死に直面して、学校教育の構造的な欠陥に気づいたとき、私たちはいかにして不幸を軽減するか。そして不幸に巻き込まれた家族の心をいかにして癒やすか。それは一人一人が考えるしか方法はないんです。そのためには、総括する言葉が必要で、それはあなたの良心から発せられる言葉以外に考えられないんです」

翔は大きく息を吸った。

「説明が難しくて、よくわかりません。ただあのときは、僕の言葉が足りなかったのだと思います。そのせいで謝罪したと誤解を招いてしまったのだと思います」

このセリフは打ち合わせをしてあったのだろう。澱《よど》みがない。結局こちらを選んだということか。要は憤りを感じた。中学時代は親友ではなかったのか。親友とは所詮そんなものなのか。

「どういう意味ですか。典洋君のご両親が、何をどう誤解したんですか？」

「僕が本当に言いたかったのは、苦しんでいた典洋君の気持ちに気づいてあげられなくてごめんと、そう言いたかったんです。それをあのときは気が動転していて、ごめんなさいとしか言えませんでした。典洋君のご両親はそれを謝罪だと誤解したのだと思います」

「あなたは、気づいていましたよね。典洋君が追い詰められていたことを」

「いえ。彼はいつも笑ってました」

「笑ってましたか……。改めて伺いますが、神田君は典洋君のご両親に、謝罪するつもりはありませんか？」

「……ありません」

「そう、ですか。以上で終わります」

一木の声が聞こえなかったのか、翔はうなだれたまま椅子から立とうとはしなかった。

「やばいな、アイツ」

達也が堀部千乃に話しかけた。

「神田翔さん。もう終わりましたよ。傍聴席に戻っていいですよ」

裁判長に促され、ようやく翔の肩が揺れた。

法廷はわずかだが緩い空気を含み、映画のエンドロールが終わりに近づくような寂寥感《せきりょうかん》が流れた。三人の被告への質問がこの裁判のメインだったのだろう。次回は判決になる。

日時はどうだろう。先約の取材とかぶらなければいいが。要がそう考えていたときだ。

「次回判決を言い渡す予定でしたが、もう一人被告側から証人を呼ぶことになりましたので、次回の審理で結審といたします」

裁判長が静かに述べた。

被告側。誰だろう？

要は学校側の一団を見た。もう新しく証言台に立つような人物は見当たらない。当然いじめがなかったことを証明しようとする人物だろう。当時のスクールカウンセラーか、それとも裁判官たちの心証をよくするため、達也の親でも呼んで、親思いのこんなに心根の優しい子なんですよとでも言わせるつもりなのか。

裁判長はそれぞれの代理人弁護士と日程を調整する。決まると法廷が空いているか書記官が電話で確認を取った。

「それでは六月十三日火曜日、午前十時。法廷はこの302号で行います」

要は手帳を開いて思わずまずいなとつぶやいた。午前中はずっと県庁で、国体テーマソングの選考や経済推進会議の取材が入っていた。

なんとかならないだろうか。坂上に頼んで、ほかの者に……いや、無理だろうな。

全員起立して裁判官に一礼した。

伊代が丁寧に典洋の遺影を黄色の風呂敷に包む。新聞掲載が難しくなったことは、裁判が終わってからゆっくり話すことにしよう。由愛の表情は落ち着いていた。

学校関係者がそそくさと傍聴席の後ろを通って法廷外に消えた。

要は二人に声をかけず、後ろを通り過ぎた。そしてドアを開け外へ出たとたん、美奈が恐ろしい顔でこちらを睨んでいるのが見えた。

「デスクが連絡取れないって怒ってたよ。まあ、ここだとは思ったけど。何してんの」

「ああ、坂上さんか……」

「ああじゃないよ！」

「だって法廷内はバイブも駄目だし」

「そういう問題じゃないでしょ。もう、終わっ……」と、言いかけ美奈は止めた。

「そうだよね。要には終わった話じゃない。とにかくデスクに連絡して」

全員が法廷から出たのだろう。事務官の女性が施錠すると、ちらっと要たちを見て立ち去った。要はロビーの窓際にあるソファに荷物を置き座った。美奈はそのままあきれて帰るのかと思ったら要の隣に腰を下ろした。

メールのチェックと返信をする要の横顔を、美奈がどうしようもない弟を見るような目で見ていた。

「何？」

「要ってさ、神経が太いのか細いのかよくわからないよね」

「育ちのせいだよ」

用事が終わると、要はスマホをリュックのポケットにしまった。

「育ちって？」

「あんまり、いい育ちじゃなかったから。ああ、でもそんなこと言ったら、育ててくれたおじさんたちに悪いな」

「育ててもらったって、どういうことなの。私、聞いてないけど」

「僕は、あの子が羨ましいんだと思う」

「あの子？」

「自殺した典洋君の妹さ」

「どういうこと？」

「あの子は強い。僕にはない強さを持ってる。僕もそれを手に入れたいと無意識のうちに思っていたんだ。でも、僕には無理かもしれない。きっとそれは、僕が一度、人生をあきらめた人間だから。彼女はまだ一度も人生をあきらめたことがないのだと思う」

「意味がわからないんだけど」

美奈が戸惑った目で要を見ていた。

要はそのとき気づいた。あ、これがいけないんだ。語り始めると勝手に自分の世界に入り込んでしまう。

どう話せば理解してくれるだろうか。

「そうだよね。わからないよね」

美奈の瞳はゆったりと要の言葉を待っていた。

今なら話せると思った。

話そうと思った。

話さなきゃいけないと思った。

「僕の母親は、父親の暴力のせいで家を出ていった。そして父親はしばらくして……自殺したんだ。そのとき僕は生きることを一度あきらめたんだと思う。あの頃身についてしまった無力感がずっとつきまとって、僕を悩ませるんだ。それから僕はずっと、自分の類似形を探していたんだと思う。そういう人ならきっと自分を受け入れてくれるはずだと、信じて。だから美奈に対しても、いつもどこかで、理解してもらえるはずがないとか、いつか裏切られるとか、そうした恐怖感がつきまとっていた。結局自分の心を投影させようとして、それが無理だとわかると、君を遠ざけようとした。僕は逃げていたんだ。そこへ由愛ちゃんが現れて、彼女なら僕と同じ経験を持つから、きっと自分の類似形になると思った。でも……」

「違ったんだ」

要は頷いた。

「僕の類似形はどこにもないし、希望も絶望も僕にしか受け止めることができない」

「僕、僕って、そこに私が入るスペースはないのかな?」

「ごめん。僕が伝えたかったのは、つまり僕はそういう人間だってこと。だからこのままつきあっても、いろいろと問題が出てくるかもしれない」

そこまで言って要は首を振った。

違う。自分が言いたいことは、言うべきことはそんなことじゃない。

要は大きく息を吸った。

「だから、つまり、僕は、ずっと君と一緒にいたい」

「えっ」

美奈は目を見開いた。

黙ったまま立つと、美奈は窓の外を見た。余計に悩ませてしまっただろうか。言わないほうがよかったのかと、要は自分の存在が小さくなるのを感じた。

二人とも言葉をなくしていた。

近くに工場があるのか、サイレンの音が風に乗って届いた。

美奈の後ろ姿がすっと動いて要を見た。

「ねえ、変わろうよ。二人で変えていこうよ。問題のない人なんてどこにもいない。そりゃ、未来にどんな障害が現れるのかわかんないけど、それでも……うん、私は、私の未来を見てみたいと思うし、要の未来も見ていたい。もちろん、いちばん近くで」

「あ……ありがとう」

美奈がそこまで考えてくれていたとは思わなかった。

「そうだ、この前私の部屋で食事のときに吐いたのも、何か理由があると思う。一緒にその原因を探してみようよ。もしよかったらさ。私と要ならきっとできるって。……ちょっと、何黙ってんの。何か喋ってよ」

「あ、ごめん。見とれてた。なんて天使なんだろうと」

「変なこと言わないでよ」

美奈が赤らめた顔をそむける。

「本当だって。信じてよ」

「わかった。じゃあ、信じる代わりに、ひとつだけ約束して」

「うん。いいよ」

「考えてることは、なるべく話して」

「ほんとにいいの？」

「うん」

「じゃあ、さっそくだけど、この取材頼めないかな。次の審理と、かぶっちゃって」

要は手帳を出した。美奈が声を出さずに笑う。

「わかった。どうしても追いかけたいんだ」

「はじめは僕自身どうしてなのか、理由がよくわからなかったけど、これは僕の裁判でもあるような気がしてきた。僕が父をどう裁くのか。いや、父とどう向き合うのか」

「それなら、なおさらじゃないかな。米沢さんに、せっかく取材したこの記事を譲るのはおかしい。私はやめて欲しい」

「そうする」

本当は美奈を抱きしめたい気分だけど、ここは裁判所だ。気持ちを紛らわせるように要は言った。

「絵に描いたような五月晴れだね」

「この空、私は一生忘れないだろうな」

明るい美奈の声が響く。開けた窓の向こうに澄み切った青空が広がる。

この建物を訪れる人たちは、この空の青さと広さに気がついているだろうか。伊代や由愛そして高道も、この空を見るだろうか。

# 14

待ち合わせのコンビニに、翔があまりにかわいい車で現れて由愛は驚いた。ピンクで丸っこい車の車内は真っ白で、助手席の前だけがジュースやスマホが置けるよう木のテーブルになっていた。後部席に、ハリネズミのプリントが入った膝掛けが見えた。フロントガラスの脇ではやじろべえがくるくるまわっている。

車が走り出してから、さっきのコンビニで何か買っておかなくてよかったか翔が気にした。グミを持ってるからと、由愛は黒のトートバッグから袋を出した。そして少し胸が痛む。こんな日が来るなら、オレンジとかブルーのもっとかわいいバッグを持っておくべきだった。

「翔ちゃんのお姉さんって、こんな趣味だったんだ」

「何が？」

「車。なんか可愛い。いくつなの？」

「うん。三つ上かな」

「お姉さんいるって、ぜんぜん知らなかった」

「知らなくてもいいよ。この世界、知らなくていいことのほうが多いのかもしれない」

由愛は現実に引き戻された。今日はデートではない。

きっと翔は裁判のことを言っているのだろう。翔が証言台に立った日の夜、由愛はラインした。

〈つらかったね、翔ちゃん。大丈夫？　私は大丈夫だよ〉

翔からはひとこと。

〈本当のこと話したかった。生きるって、どうしてこんなに悲しいんだろう〉

すり傷みたいに画面の文字から血が滲《にじ》んでいた。いとおしくて、由愛は画面に頬を当てた。そして思った。たとえ翔が本当のことを話したとして、何かが変わったのだろうか。兄は死んだのだ。どこまでいっても、兄は死んだのだ。誰かの謝罪に一度は納得しても、心に残る無念さは、後悔は、また新たな問いになって、ぐじぐじと疼《うず》き始めるのではないだろうか。兄の自殺を納得させる理由なんてどこにもない。裏返せば死んでいい人なんてどこにもいないのだ。死んで欲しくなかった。生きていて欲しかった。そう望む気持ちがある限り、問わずにはいられないし、問い続けるしかない。

それでも翔は法廷でいじめたことを否定する代わりに、謝罪を引き出すと約束してくれた。

本当にあの達也が謝罪などするだろうかと、不安だ。でも私には勇気がある。

そんなことを考えていたせいだろう、ふと口をついて出た。

「翔ちゃん、私、翔ちゃんに対する気持ちは変わらないよ。翔ちゃんは、私の中にずっといる」

「ありがとう」

強くなるためには誰かをちゃんと自分の中で受け入れなきゃいけない。怯えちゃいけない。私は翔ちゃんといる。由愛は翔の横顔を見てそう思った。今までそんなこと考えたこともなかった。

広い駐車スペースに翔は車をとめた。おしゃれなチェーン店のカフェは今日も賑わっていた。

「おーい。こっち」

テラス席からこちらに手を振っている姿があった。達也ともう一人、被告の女性がいた。屈託のない笑顔。兄のことなど法廷を出た瞬間に忘れているのだろう。心臓をギュッとつかまれたようで、由愛の体がこわばった。

達也は由愛の姿を認めると表情を変えた。

「なんでお前が一緒なんだよ」

女性は法廷で、制服だった由愛に見覚えがないのか、「えっ、誰？」と達也に聞いた。

「典洋の妹だよ」

「マジ。なんで？」

翔が慌てて口を開く。

「この前説明しただろ。俺が法廷で、いじめはなかったことにするから、謝罪もしなかったことにするから、その代わりにみんなで、典洋のとこ謝りに行こうって」

「えっ、そのために今日私たち呼ばれたの？」

「ばっかじゃねーのか」

「ほんと、甘いわね」

座ったまま、達也と女が顔を見合わせ笑った。翔はこの二人を説得したと言ったけど、どれだけ真剣に、翔の言葉を受け止めたのかは疑問だ。

「約束したじゃないか」

翔が焦ったように言う。

「ああ。あのときはな」

「なんか、翔。やばそうだったしさ」

翔が真剣になればなるほど、二人はへらへらと緩い表情を見せる。力関係が透けて見える。いじめの現場でよく見る、いじめのプロが見せる顔だ。本気になって相手してはいけない顔だ。

なのに翔は二人に食いつく。

「じゃあ、あれはなんだったの。こっちは土下座までして頼んだのに」

「だからお前、バカなんだよ。俺、弁護士の山田さんからも頼まれてた。あの子メンタル弱そうだから、おかしなことを言い出さないか、注意しといてくれって」

「そうそう。だから、調子を合わせてただけよ。ねえ翔。妹さんがいる前で言うのもなんだけどさ、もう忘れようよ、典洋のこと。翔が一人で十字架背負ったところで、なんともなんないよ」

「いいか。いじめられて死ぬやつなんてクズだよ。弱肉給食」

「強食だよ」

「あはは」

「おまえらさあ！」

翔が怒鳴り声を上げた。とたんに、隣のテーブル席にいた女性客が数人、逃げるように店の中へ入った。

「自分がよけりゃ、それでいいのかよ。人の気持ちなんて、どうなってもいいのかよ」

「古っ。今はＡＩの時代なのよ」

「それにお前、人の気持ちって。典洋もう死んでるし」

「死んでねーよ！」

翔が突然、達也につかみかかった。

しかし体格からして違いすぎる。

立ち上がると、達也は逆に翔の胸元を締め上げ突き飛ばした。

「ざけんなよ。俺に突っかかるの、百年早いって。お前もしかして由愛に惚《ほ》れてんのか？　それで粋がってんの」

「そんな考え方しかできねえのか」

「お前さ、裁判負けたらどうなるかわかってんのか。金払うんだぞ、あんなやつのために。ほんと、バカじゃねーのか」

「バカでいいよ。でも俺はやっぱり典洋の友だちでいたい。俺たち人として、ギリギリの場所に立たされていると思わないか。このままでも生きていけるかもしれないけど、やっぱり駄目だって。責任取らなきゃ。俺もおまえも」

「俺もおまえもって、何括弧でくくってんの。同列に扱うんじゃねーよ。パシリのくせに」

「翔ちゃん、もういいよ。こんなやつが謝るはずないって」

「なんだと」

達也が今度は由愛に詰め寄った。

「ちょっとでも触れたら訴えるよ。ずっと撮ってるし」

由愛はスマホを見せた。

「それとも警察呼ぼうか？」

周囲を野次馬客が取り囲んでいた。

「クソ、やってらんねーよ」

吐き捨てると達也は、女と駐車場へ歩いていった。青いクーペが駐車してある。

達也の車が消えると由愛は急に力が抜け、ガーデンチェアに座り込んだ。

「こわがらせてごめん」

翔は由愛のそばにかがむと、手を握った。

「もっと上手くいくはずだった。俺、本気で、謝らせることができると思ってた。

そんなふうに思ってた俺、やっぱりバカかも」

「そんなことないよ。翔ちゃんはやっぱり素敵だよ。私の初恋の人が、翔ちゃんでよかった」

言ったとたん、由愛の瞳から涙が溢れた。ここで泣くのは反則だと思ったけど、どうしようもなかった。

「泣かないでよ……ごめん、俺が悪かった。俺だけでも謝りたい。典洋のこと、悪かった」

由愛は小さな女の子になって首を横に振った。

「違うの……私が泣いてるのは違う」

「何が？」

由愛はまっすぐに翔の目を見た。

「私、もっとちゃんと、出会いたかった。翔ちゃんと。ちゃんと出会って、ちゃんと恋をしたかった。ふられてもいい。でも、ちゃんと翔ちゃんと……」

「わかったって」

翔の手のひらが、頬に当たる。その指が涙をぬぐった。今日の翔の手はとても温かだった。

三葉が出る演劇を観に行く日は朝からよく晴れていた。

翔の姉が車を使うため、今日は自転車デートになった。

文化会館のそばには、この前要と行った、ブレッドカフェ・城山がある。

風を切り、文化会館に向かいながら、久し振りの演劇に由愛は心が躍っていた。

演劇部も学校によってさまざまな特徴がある。歌ありダンスありのエンタテインメントを目指す学校。笑いがなければ楽しくないとする学校。シリアス劇が売りの学校。とにかく全員参加を目標とする学校。

去年の三葉たちは、身体表現重視の演劇だった。動きが多く、演出から指の動きや首を曲げる角度まで、きめ細かな指示が出ていたそうだ。右に左に、とにかく舞台を走りまわった。川を泳ぎながら、自転車をこぎながら、山を駆け上がり駆け下りる。追いかけたり追いかけられたり。どれも体をめいっぱい使って表現した。

ストーリーは架空の生き物を追いかけるだけで、その生き物もなんだったのか、結局わからないまま終わった。由愛は「えっ？」となったが、三葉はそこがいいんだと力説した。

今年、内容に不安はあるものの、新しい作品は気になる。

自転車置き場で翔は待っていた。髪の色さえ黒なら、先生と間違えられそうだ。建物に一緒に向かいながら言うと、そんなにおじさんになったかなと、少し拗《す》ねた。

「退屈だったら正直に言って。最後まで観なくていいから」

由愛はすぐ外に出られるよう、ドアに近い席を選んだ。六百席ほどの客席は半分以上が埋まっていた。

開演のアナウンスが流れ、暗くなった。

幕が上がってまもなく、由愛はしまったと後悔した。

舞台上には、いくつかの色と高さの違う箱が配置されていた。それぞれの箱に人が乗っている。立っている人。後ろをむいている人。座っている人。裁判官が着るような服をまとい、これも、赤、青、黄、白、紫、緑、黒と色がついていた。

赤――あいつ、死んだんだって。首を吊って。

いきなりのセリフだった。

由愛は真っ暗な中、顔を歪めた。

内容を話した上で翔も来たが、どう受け止めるか不安もあった。

青——学校でいじめられてたんだって。

ここまでストレートだとは思わなかった。

隣で翔は、じっと舞台に見入っている。

黄——誰にいじめられてたって？

白——野球部の連中。

由愛は視線を落とし、じっと膝の上で組んだ自分の手を見た。

演劇はそこからさらに明るみを求めることなく、どんどん深く沈んだ。

セリフは抽象的でわかりにくく、遠く水平線を航行する船の目的を探るようなものだった。

赤——洗脳された人間に効果のある言葉なんてない。彼は自殺という行為に洗脳されていたんだ。

青——自殺は決して孤独が生み出したものではない。孤独とは違った、正反対の場所にあるひとりぼっちなのだ。
黄——方法が浮かばないとき、人は眠るか死ぬか、どちらかを選ぶしかない。
白——難しく考えすぎです。面白いゲームがなくなったから死ぬ人だっているんです。
紫——そうだよ。彼は死んで、特殊な能力を手に入れたかもしれない。
緑——自殺した人間にとっていちばんいやなことは、意味を与えられることじゃないのか。
黒——私たちは何度も小さな死を経験している。今更驚くことはない。生きてるけど、死んでる人、たくさんいる。
全員——絶望と共に生きろ！
　絶望に挨拶しろ！
　絶望をお前の人生に取り込め！
　（沈黙）
赤——そう。絶望にストーリーを与えられる者だけが、生き残れる。
青——そう。いじめは依存症の一種なんだ。病気なのに、理屈だけで治せるわけがない。言葉は要らない、薬を下さい。

黄――そう。いじめを悪く言うのはやめて欲しい。いじめは人を強くします。私はそうして強くなった。
白――そう。自殺をした人は、自殺を選んだのです。彼の意思を尊重しましょう。それはそれで、命を大切にした結果じゃないですか。
紫――精神の自由！　精神は解放された！
緑――結局私たち、死なないために毎日必死で努力している。生きるためじゃなく、死なないために。ねえ、死んだほうが……楽だよ。
黒――死ぬ前日、彼は……。
全員――適切な会話など、教室のどこにもなくて、ずっと外を眺めていた。
赤――隠れてる。みんなの中にも。死にたい気持ちが隠れてる。
青――自分ができないことを考えるから、死にたくなるんだ。できることだけ考えよう。
黄――もうやめようよ。難しいこと考えるのは。
白――苦悩という情動はそれについて明晰《めいせき》判明に表象したとたん、苦悩であることをやめる。スピノザ。くだらん。
紫――なぜ生きるかを知っている者は、どのように生きることにも耐える。ニーチェ。くだらん。
緑――私が恐れるのはただひとつ、私が私の苦悩に値しない人間になることだ。ドストエフスキー。くだらん。
黒――しあわせは歩いてこない、だから歩いてゆくんだね。水前寺清子《すいぜんじきよこ》。
黒以外――それ違う！
黒――そうか。星野哲郎《ほしのてつろう》だ。
黒以外――そこじゃなくって。

「ごめん、翔ちゃん。へんなの観せちゃって。やっぱり観ないほうがよかったかな」

自転車は置いたまま由愛たちは文化会館を出て歩いた。ブレッドカフェは交差点を渡ったところにある。

「謝ることないよ。演劇観ながら、あ、俺まだ、悩みながらでも生きていけるって思った。由愛ちゃんと一緒なら」

「翔ちゃん、ずるい」

「何が？」

「そんなこと言われたら……」

「えっ?」

「もういい。ほら、ハーブガーデンの席空いてるよ。急ご」

由愛たちは青信号に向かって走った。

今日はなるべくかぶりつかないで、品よく食べられるパンを由愛は選んだ。翔は太いウインナーを挟んだパンとカレーパン。わりとスタンダード。

座って食べているあいだにも、セージだろうかローズマリーだろうか、ラベンダーだろうか、風がやわらかな匂いや、スパイシーな香りを運ぶ。

「中学で走ってた頃は、こういうの食べるのも後ろめたくてさ。よく部活の帰りコンビニ寄って、典洋が先生や先輩が見てないか見張りして、俺が買って、二人で急いで食べてた」

翔が突然典洋の話を始めて驚いた。由愛が何も言えず翔を眺めていると、腕をのばして由愛の頭につんと触れた。

「俺本当に、典洋の話されても嫌じゃないから。っていうか、俺のこれからの人生、至る所であいつが生きてたらって思うだろう。人間って、本当にどこに向かって生きてるのかな。死んだあいつに会うため、あと何十年かかけて準備をするみたいな。あぁ、よくわかんないけど」

由愛は自分の家族を思った。自分はまだそこまで考える場所にすら辿《たど》り着いていない。でも、前に進みたい。

翔がテーブルに置いてあったスマホを操作すると由愛に差し出した。それは写真で、黄色いスパイクシューズが写っていた。

「……えっ？」

母親があんなに探していたシューズがここにあった。

「典洋が死んだ次の日、小包で送られてきた。手紙も入ってた」

「お兄ちゃんから……」

「うん。手紙には、『ありがとう。あの頃がいちばん楽しかった』って書いてあった。恨んだこともあったけど、やっぱりおまえの親友として僕は死ぬって。形見のシューズを受け取って欲しいって」

「じゃあどうしてお兄ちゃん、翔ちゃんの名前を携帯に残したりしたの」

「わかんない。パニックになってたのかも。どちらの気持ちも本当だったんだと思う。俺もなんであのとき助けなかったのかって、このスパイクを持ってあいつに会うときまでに答えを見つけなきゃいけない。一生かけて考えることなんだ」

由愛は不満に唇を歪めた。

「裁判で言えばよかったのに。あの弁護士に言い返せばよかったのに。確かに恨んではいたかもしれないけど、友だちだったって。親友として死んだんだって。あんたに何がわかるかって」

由愛の声が震えた。とたんに翔の目からぽろりと涙が落ちた。

「あ、まずい」

慌てて手で目もとをぬぐう。

「あはっ。裁判所でも我慢できたのに、由愛ちゃんの前で油断してしまった」

「いいよ、油断して泣いてくれて。涙の海で溺れ死んだ人はいないって、これも前に三葉がやった演劇のセリフにあった。ダサすぎるよね。ねえ、翔ちゃん、笑ってよ」

翔は、笑わなかった。

「あなたの良心とか言われたとき、正直ここまで出かかってた」

翔が喉元に手を当てた。証言台の前で何度か言葉に詰まるシーンがあった。

「言ってもよかったよ。達也たちとあんな約束しちゃったから?」

「それもあるけど。もしここで喋ったら、俺と典洋との思い出が穢《けが》されそうで。夢中になって一緒に走ってた頃の思い出が」

翔にとって大切な思い出なら、きっと兄にとっても大切なのだろう。

兄は恨んでなんかなかった。行き場のない場所に迷い込んでしまったのだ。そして誰も兄を引きとめられなかった。

「達也たちに謝罪させることができなかった代わりに、このシューズ、由愛ちゃんのお母さんに渡そうかな。少しくらい、気持ちが癒やされるかも」

「それはよくない」

由愛は首を振る。

「お兄ちゃんは、翔ちゃんに持っていて欲しいんだよ。お母さんのことは、家族でなんとかするから」

「じゃあ俺は、ちょっとでも由愛ちゃんを支えられる人になる」

「もう充分なってるよ」

「そうかな。でも今になって、失ったものの大きさを感じてる。取り返しがつかない絶望感とか。きっとどこかで、典洋を助けられた瞬間があった気がする。ああ、また後悔してる」

助けられた瞬間……。

あのとき兄は、私に助けを求めていたのかもしれないと由愛は思った。

「競技場のほかにもう一か所、由愛ちゃんについてきてもらいたい場所があるんだ」

翔が、由愛の学校がある方角を見た。

「どこ？」

「神社。典洋が、死んだ場所」

毎日校舎の窓から見ているが、さすがに即答はできなかった。

「あ、もちろん俺もまだ今は、行く自信ないけど」

「わかった。行くときは一緒に行こう。でもお兄ちゃん、どうして神社なんかで……」

「あの場所は、俺と典洋のお気に入りの場所だった。中学のとき、俺、ときどき家出してあの神社でひと晩過ごした。母親が再婚して、家にいたくなかったんだ。するとさ、典洋がよくつきあってくれたんだ。食い物とか持ってきてくれたりして。由愛ちゃんのおやつがなくなってたことなかった？」

「あったよ。お兄ちゃん、全部自分で食べたとか言って、お母さんに叱られてた」

「じつは、俺がもらってた」

「わあ。小学生のおやつとってたんだ」

「ごめん」

「今謝られても」

話す翔の顔は中学の頃に戻っていた。由愛の気持ちも、いつしか昔に戻っていた。

そんな優しい顔を見ていると、考えてはならない想いに引き込まれそうになった。

何もかも嘘だったことにならないだろうか。

何もかもなかったことにして、明日朝起きたら、お兄ちゃんが普通に「おはよう」って部屋から出てくる。そんな想いが胸を締め付けて、鼻の奥がつんとなる。

由愛はふと母親の気持ちに触れた気がした。お母さんが前に進めないわけがわかる気がする。そこにあるのは号泣することもできず、ただ涙が滲み出る哀しみなのだろう。けれど進まなきゃ。母も自分も、一歩でも。

お母さん。奇跡は起きないんだよ。

だからもう一度、今の家族を見て。

そのためにも、家族が沈んでしまわないよう、私は最後の浮き輪になる。

昼食が終わると、翔が席を立って、手を差し出してきた。由愛は首を横に振った。

まだ由愛は、幸せなカップルのようには手をつなげずにいた。

夜の八時、由愛は三葉に電話をした。きっと自分や翔がどう思ったか気にしているだろう。直接電話して安心させたかった。

三葉は家に帰っていた。

「打ち上げとか、なかったんだ」

「うん。それはまた日を改めて。荷物の運び出しとか、反省会とかあったし」

自分の部屋に移動しているのが、ドアの軋《きし》む音でわかった。落ち着いたところで由愛が言う。

「今日、ありがとう。楽しかったよ」

「礼を言うのはこっちでしょ。観に来てくれてありがとう」

「そうだね。でも私、三葉と比べて、ボキャブラリーが貧弱だから。ありがとうしか出てこないのかも。あ、でもね、ときどき三葉が乗り移るときがあるんだよ」

「妖怪じゃないんだから。それよりどうだった。動揺させちゃったかな。あ、由愛はいいよ。カレシさんのほう」

「えっ？　私はいいの？」

「うん。由愛のことはけっこう信用してるから。自分で乗り越えていける子だって。まわりが思うより、きっと由愛は強いって」

由愛の胸のあたりが温かくなった。

「ありがとう。あ、また言っちゃった」

「いいよ、何度でも言って。悪い気しないから」

それで、と三葉が話の先をせかした。

「翔ちゃんなら大丈夫。あれからお兄ちゃんのこともいろいろ話せたし。ちゃんと前に進めると思う。ただ……」

「ただ、何？」

「うん。私、怖いんだ。このまま本当に、翔ちゃんを好きになってもいいのかなって。不安になる。ねえ、本当に好きになっていいのかな」

三葉に聞くようなことではないのかもしれない。電話の向こうから声もなく、由愛はごめんと言いそうになった。

声を出そうと息を吸ったとき、三葉の声が届いた。

「あのさ、私が演劇やってて、いちばん好きなセリフがあるの。それ、由愛に贈るね。『一人では無理でも、手をつなげば手繰り寄せられるものがある。それを人は、希望と呼ぶんじゃないかな』。ね、由愛、好きな人と、ちゃんと手をつないで」

「うん」

由愛の頭の中に、翔の顔が浮かんだ。

それだけではない。母親の顔も、父親の顔も、そして兄も。兄とだってもう一度手をつなぐことができるかもしれない。

# 15

ふるいちひさし・家族と心のケア相談室の庭に咲くバラの花は、昨日一日中降った雨で、すっかり惨めな姿になっていた。花びらは開ききって赤茶け、早く摘んでくれと悲痛な声が聞こえてきそうだ。反対に、葉やこれから伸びようとする枝や蔓《つる》は、濃い緑色に輝き、命の力強さを見せつけていた。

大同要は古市と向き合って座った。開け放たれた窓から、土と植物のやさしい匂いがする。要は古市に話した。

「今日は報告をさせていただきたいと思って来ました。いい知らせです」

古市は今日も取り立てて感情を表に出さず、そうですかと穏やかに頷いた。

「じつは、前回こちらに伺ったとき、上手くいってないと話していた彼女と、きちんとつきあうようになりました」

「進展があったわけですね」

普通ならよかったですねと答えそうな場面でも、静かに答える。古市にとっての基本は〝今〟なのだ。ああすれば上手くいっていたのではないか、こうすれば上手くいくのではないかとアドバイスを送ることではない。

相談者の今を正確に捉えようとする。

要は今日はひたすら話したい気分だった。幸せなときもその反対のときも、誰かに話すという行為が大切なのだ。誰とも話せない、誰とも話したくないという気分に襲われたとき、本当の意味で世界から切り離されてしまう。

「判明したんです。わかったんですよ」

「何がですか？　少し落ち着きましょうか」

勢い込んで話す要に、古市が微笑んだ。

「ああ、まったくです。新聞記者失格ですね。順序立てて話さないと。まず、僕の父親が自殺をしたことですが、ようやく彼女に打ち明けることができました」

「どうでしたか」

「僕の気持ちを、ちゃんと受け止めてくれると約束してくれました。いや、大事なのは約束してくれたことじゃない。二人がちゃんと向き合えたってことです。なんかちょっと恥ずかしいけど。いい大人が口にすることじゃありませんよね」

「いいえ。そんなことないです。とてもいいです」

古市はゆったりと腰をかけ、みぞおちあたりで雛《ひな》でも包むように手のひらを合わせていた。

「この前彼女の部屋で、せっかく作ってくれた料理を吐いてしまったことを、彼女は僕以上に気にしていました。そうした行為で彼女が傷つくというより、どうしてそうなったのか、理由が気になったみたいです。彼女も新聞記者なので、探究心が先にあるのかもしれません」

「なるほど。それで、どうされたのですか」

「彼女の提案で、この前とまったく同じ状況を作ってみようということになりました」

「再現してみたのですね」

「はい。注意深く、時間も、服装も、料理も器も、BGMもまったく同じにして。ただ気持ちだけは同じというわけにいきません。この前は先生にも話した通り、セックスのことが頭にあって、いやまず父親のことを話さなきゃいけないとか、いろんなプレッシャーがあって、重い気持ちで彼女の部屋を訪れました。今回は、わくわくした気分でした。何か発見できそうな期待感で。もちろん本当に上手くいくのか、不安もありました」

「しかし、勇気を出した」

「勇気と呼ぶには小さいですが。彼女が背中を押してくれました」

「それで、どうでしたか？」

「部屋へ入って、靴を脱ごうとしたとき、やはり前回と同じ、何か嫌なことが起きるのではないかという気持ちにとらわれました。先日の会話もなるべく思い出そうとしましたが、正直あまり覚えてなくて……。そしてテーブルの前に座ったとき、思わずああっと、自分でうめくような声を出していました」

「そのとき理由がわかったのですね」

「そうです。肉じゃがの中に人参《にんじん》を見つけました。僕は人参が嫌いだったんです。いや、ただ嫌いなだけじゃなく、僕が人参を食べられないと、その都度父親は、おまえの躾《しつけ》がなってないと母親を叱りつけ、エスカレートすると母親を殴っていました。僕は母親を殴らせないようにと必死で人参を食べました。ところが口に入れたものの呑み込めず吐いてしまい、余計に父親を怒らせてしまいました」

「それでずっと、人参は口にしてなかったのですね」

「そうです。僕を育ててくれたおじさん夫婦は、僕が人参嫌いだと知ると、すぐに食卓から遠ざけました。無理をして食べさせることはしません。変な話、恐怖時代のあと必要以上に甘やかされて育ったのかもしれません。そのせいでバランスの悪い性格になってしまったのかも。……ああ、しかし、そうなんですよ。学校のキャンプなんかで作るカレーに人参が入っていても平気でした。だから記憶から消えていたのかもしれません。部屋に入って嫌な予感がしたのは、しょうゆの匂いが理由だったのかもしれません」

「つまり、家庭の食卓に現れる人参が、過去の記憶につながってしまったということですね」

「そうだと思います。いや、それ以外考えられないし、それがわかって、すっとした気分になりました。ただ、今でも迷っているのは……」

「なんでしょうか？」

「人参を食べられるように克服するべきでしょうか？」

「その必要はないでしょう」

古市は珍しくあっさり断定した。

「克服しないことで、あなたと彼女の未来を阻害する恐れがなければ、逃げるか、回避するほうが賢明でしょう。逃げるが勝ちと、昔の人はよく言ったものです」

「えっ？　逃げるが勝ち……」

「あぁ、ちょっと、くだけた言い方過ぎましたか。もっと専門的な言葉を使ったほうが信用できますか」

古市が冗談めかして言う。要がどちらとも言えず苦笑いすると、古市は体を起こして前かがみになった。

「トラウマに関係するような状況に出遭ってしまうと、その情報をストレスとして大脳が捉えます。そして感じる脳といわれる大脳辺縁系が、恐怖心や激しい怒りや、悔しさを起こさせ、視床下部からCRFというホルモンが分泌され脳下垂体を刺激します。するとそこからのホルモンが次に腎臓の上端部にある副腎を刺激し、コルチゾールやアドレナリンといった緊張ホルモンが脳や体内を駆けまわることになります。つまりこの作用によって、私たちは、というか、私たちを危険と立ち向かわせたり、懸命に逃げさせたり、気絶させたりするわけです。さっきの要さんの話の場合もそうですが、緊張ホルモンが体中に広がると、筋肉が引き締まったり、脳幹の機能が高揚して血圧が上がったり、そして何より血液が大きな筋肉組織に必要になって送られ、そのせいで胃腸など消化器官から血液が引くせいでもどしたり排泄《はいせつ》したりするのです。だからそこまでご自身の体にストレスを加えて人参に立ち向かうより、回避するほうが賢明なんです。どうですか。少し専門的でしょ」

「はい。じゃあ、そもそも克服するという考え方は、持たないほうがいいのですね」

「必ずしもそうではありません。症状の深刻さや回復のありようによっては必要です。要さんの場合、過去をどうこうするというより、むしろこれから、家庭を持ってから家族みんなで向き合って治せばいいでしょう」

「家族みんなで治療ですか」

要は美奈の顔を思い浮かべた。カウンセリングにはあまり乗り気ではない。

「家族でここへおいで下さい、ということではありませんよ。つまり家族間での信頼関係です。パートナーから信頼される。パートナーを信頼する。子どもから信頼される。子どもを信頼する。そんなに難しいことではありません。近頃では家族の悪い面ばかりが取り上げられ残念ですが、家族にこそ治癒力があるということも知って頂きたい」

「それは僕たち報道する側にも責任があります」

「虐待に悩んでいた、あるお母さんと息子さんの例ですが、十年以上見ていますが、最近こういう会話をしていました……」

（お母さん、最近殴らなくなったね）

(ほかに方法を覚えたからね)

(えー、僕がいい子になったからじゃないの)

(いい子だったときも殴ってたでしょ)

「面白いでしょ。虐待を家族で治療できた数少ない成功例です」

「お母さんが言う方法というのは？」

「怒りのベクトルをどう向けるかです。人は変われます」

「あの、ひとつだけ質問があるのですが」

「なんでしょうか？」

「母親は僕が人参を食べられないと知っていて、どうしていつも食卓に出していたのでしょうか。父親が怒り出すことも当然予想できたでしょうし、人参を出さなければ、その部分では家族は平穏だったわけで」

古市は少し黙った。そして握っていた手のひらを上に、赤子を抱くように開いた。

「なるほど。果たしてそうでしょうか。まあ、ここからは私の勝手な推測になりますが、それでもいいですか？」

「はい。聞かせて下さい」

「じゃあなたを、クライアントでなく、新聞記者としてお話しします。たとえば、もし母親が作る肉じゃがから人参が消えたとして、父親は怒らなくなったでしょうか。もちろんそうなったかもしれませんが、今度は甘やかすなと、怒る理由を変えたはずです。怒る人は怒りたいんです。怒る理由を追求してもあまり意味がありません。生活の中で怒る理由を見つけることなど簡単です。インターネットを見ればそのいい例があちこちにあります」

「みんな怒ってますね」

「そうです。ただネットに書き込んでスッキリするならまだしも、相手は目の前にいる実際の父親ですから恐怖です。そしてあとはそのエネルギーの大きさです。酒を飲むと、より攻撃的、破壊的になります。お母さんはあきらめていたのだと思います。もうひとつ考えられるとすれば、お母さんが、自分の意思で人参を出していたということです」

「僕の好き嫌いを治したかったからですか？　そこまでして」

「いえ、ご自身が家を飛び出す理由を求めていたのかもしれません。もっと父親を怒らせ、父親の暴力の力を借りて、最後の決断を自ら下すのを待っていた。耐えられなくなるのを」

「耐えられなくなるというのは……」

「あ、殺される。そう思ったこと、ありませんか。そこまでいくと、人は何もせずとも逃げ出します。あるいはそこまでしないと逃げ出せない。現状を変えたいがために、自分で自分にストレスを加えることもあります」

要はそんなバカなと言いかけて言葉を呑んだ。この世にバカなことは数えきれないほどある。

「もちろんどれも推測にすぎません。あるいは本人ですら、説明が困難だったりします。ただひとつだけ確かなことがあります」

「なんでしょうか？」

「過去に向かって問題の解決を求めても、得るものは少ないでしょう。未来に向けて生きるために、そばにいる人と一緒に、私たちは幸せを求めたいものです。人は最後には祈るしかありません。あなたのお母さんも、今はどこかで幸せに生きていると、そう祈ってみてはどうでしょうか」

要は小さく頷いた。

「もうひとつ聞いていいですか？」

「どうぞ」

「じつは彼女に話す前に、自殺をした少年の妹と会いました。不思議なことに、彼女には戸惑うことなく話せたのです。これはどうしてでしょうか」

「自死遺族という同じ立場だからでしょう。経験をすり合わせる必要がありませんから。反対に私は苦い経験があります」

「先生の苦い経験。是非伺いたいです」

「東日本大震災のとき、被災者のためにと私も福島へ参りました。しかしながら三重県から来た私どもには、なかなか心を開いてくれない。ところが、大阪や兵庫から駆けつけたカウンセラーには、すぐ心を開き明日も会いたいと言う。理由は彼らが、阪神・淡路大震災を経験しているからです。それだけで親和性が生まれる。悔しかったですね」

開いた窓から、ふっと涼しい風が流れ込んだ。要の腕時計は、六時をまわっていた。今日の最高気温は五月末なのに三十度を超えたと聞いた。

「そろそろ花殻摘みをしないといけません」

古市は窓の外の枯れたバラを見ていた。空気の色が黄色みを帯びてくる。ふと取材で見た黄金に輝く麦畑を思い出した。

「ところで、裁判のほうはいかがですか？」

「残念ですが、誰一人としていじめは認めませんでした。謝罪ももちろんありません」

「そうですか」

「どうして謝らないのでしょうか？」

「謝っても報酬がないからでしょう。謝ったあとの心地よさを報酬として理解できない。もっともそこには良心があるとの前提ですが。きっと誰もが、文化や心の豊かさに価値を見いだせなくなってきたのでしょう。個人的な報酬だけを頼りに生きているのです。心のどの部分に訴えても動きようがありません」

「昔はちゃんと謝っていたのに」

「それもどうでしょうか。昔は教師や親が恐《こわ》いから謝っていただけで、心の底から反省していたかどうか。昔より今のほうが酷くなってるのは事実でしょう。いじめの形も、昔は見つかるまでだったのが、今は変わってきました。同級生に嫌がらせをして、見つかって、先生や親から指導されて、その場では謝って、また同じことを繰り返す。被害児童が学校へ来られなくなるまで続く。教師は一度謝った児童や生徒をこれ以上指導しようがないし能力もない。問題は指導する能力がないことを、学校も親も認めようとはしないことです。どの子も大切だと子どもを隠れ蓑《みの》にする。犠牲になるのは子どもたちです」

「死んでも救われない社会ですか」

「うーん、そうですね。それでも私たちはこの社会で生きていくしかない。これからは堂々といじめて、堂々と謝って、堂々とまたいじめる時代が来る。学校も大人も無力だと、子どもたちは知っています。ばれてしまっています」

古市の持論は間違ってはいないのだろうが、納得しがたいものがあった。

「それじゃまるで、この国に未来はないと言ってるようなものじゃないですか」

古市がわずかに微笑む。

「要さんも国単位でものを考えるように教育されているのですね。そこを克服しないと、それこそこの国に未来はありません。個人が、私が、どう生きるか、です。人を生かしているのは、知、情、意の三つです。しかし今は、知だけが優先されて、情、意は抑圧されています。情景にたとえるなら、人生の屍《しかばね》を醒めた目で見ながら生きている感じです。なるべく傷つかないように生きようとするため、一度傷つくと深手を負います。その反面、他人を傷つけてもその実感はなく責任も持たない。それをしかし、個人で生きる気になれば、知、情、意をバランスよく発達させることが可能になります」

「じゃあ、今の教育制度はもう限界ということですか？」

「私たちの仕事を忙しくさせてくれている意味においては、貢献してくれていますが、現場の先生たちがいちばんよく知っているはずです。正直これからどういう社会になっていくのか、私には想像がつきません」

話を続けながら、ふと要はなんの話をしていたのだったかと思い返した。

そうだ。反省をしないという話だ。そして自殺を巡る裁判。

「自殺の原因がいじめにあったと認めさせるのは難しいでしょうか？」

「そうですね、逃げ道はいくらでもありますから」

古市は曖昧に答えると、立って壁際の棚からファイルを出した。

「これはいわゆる、〝国が認めた〟自殺に関する統計資料です。年齢階級別、原因・動機別自殺者数。十代のところを御覧下さい」

要は資料を見た。おそらく冊子から拡大コピーをしたのだろう。

家庭問題・健康問題・学校問題・男女問題などにわけられている。自然と学校問題に目がいった。そこはさらに細かく分類され、自殺者数が書き込まれてあった。枠外には、遺書等の自殺を裏付ける資料により明らかに推定できる原因・動機を自殺者一人につき三つまで計上することにしたとある。

入試に関する悩み（15）

その他進路に関する悩み（47）
学業不振（44）
教師との人間関係（6）
いじめ（3）
その他学友との不和（27）
その他（25）

「嘘でしょ！」

思わず要は古市を見た。「いじめ」についての男女別の欄に女子は空欄だ。

この年は山形の天童《てんどう》市で女子生徒が四十名以上の生徒からいじめを受け自殺している。

「いじめとはカウントされていません。教育委員会や県の意向なのでしょう。そういえば第三者委員会の調査すら信用できないと拒むご遺族もいると聞きます。第三者委員会から心理士が排除されたり、県の顧問弁護士が委員会のまとめ役になったり、本気でいじめ対策に取り組んでいるとは思えません。どちらにしても、自殺を実行する前というのは、精神的にはほとんどの場合で疾患状態にあります。うつ病、統合失調症、パーソナリティ障害。単独でない場合も。最近は思春期うつという言葉が流行《はや》り出しましたから気をつけないと、いいように言葉だけが利用されてしまいます。社会では本質は常に隠蔽《いんぺい》されるようになっているのでしょう」

「苦しい……ですね」

「死にたい、ですか?」

「えっ?」

突然投げかけられた言葉に違和感があった。ブラックジョークのつもりだろうか。古市の言葉にしては品がないと、要はざらついた気持ちで目を向けた。古市は気にもせず、淡々と話す。

「死ぬとき、死のうとしているとき、人は死んでからのほうがもっといい世界が自分に訪れると思うようです。いや、思うというよりも確信するみたいです。自殺は最後の救いでもあります。さらにそこに、誰かと一緒に死ぬとか、親しい人の死に方と同じ方法を真似《まね》るだとか、そうした要素が加われば、とたんに死のハードルは低くなる。あるいは自分が死ぬことで家族が楽になるとか、親友がトラブルに巻き込まれなくてすむとか。自分が死ぬことで自分の生に価値を見いだそうとする場合もあります。決定的な治療法はありませんし、一度自殺を企図した者は、七十二パーセントの確率で再び自殺しようとします。しかも今度はしくじらないように、確実な方法を選んで」

「どうすればいいんですか？」

「さっきあなたに聞きましたよね。死にたい、ですかと」

「ええ」

「あなたは死にたいとは思っていない。ところが、死にたい人はずっと死にたいんです」

「ずっと死にたい？」

「そう、二十四時間、ずっとかもしれません。よく言うのが、車を運転しているのに、アクセルとブレーキを同時に思い切り踏んで前に進まない状態と。その情動に、少しでも死にたくない隙間を作るのが私たちにできることです。つらいことだと思いますよ。そして時間の感覚もおかしくなってきます」

「不眠症ですか？」

「それもありますが、このつらい状況が永遠に続くと確信してしまって、もう先のことはまったく考えられなくなります。そして私たちは全能幻想と呼びますが、ただひとつだけそこで見つけるわけです。自分にできる、ただひとつだけ残されていること。命を絶つことです。相談者に毎回聞く場合もあります。死にたい、ですか、と」

古市の言葉はブラックジョークでもほかの何物でもなかった。クライアントと向き合うとき常に胸に抱いている想いなのだ。それはクライアントを苦しめているのと同じように古市をも苦しめてきたのだろう。

「私は近頃思います。自分の脳が死ぬことしか考えていないと知ったときの恐怖を。私は自殺脳と呼んでいます。これほどつらいことはないでしょう。しかも誰も気づいてくれない。いじめに遭っても親には言えない、先生や学校も何もしてくれない。そうなったらどうしますか？　自殺を社会や誰かのせいにするなと、まったく見当違いなことを発言して笑われていたスポーツ選手がいましたが、それほどまでに、まだ理解が及んでいないのでしょう」

古市は窓を閉めに立った。庭はすでに暗く夜の領域に入っていた。

「バラなら、来年美しい花を咲かせるために枝を強く剪定《せんてい》したり、咲くはずのつぼみを切ることもあります。しかし人間はそうはいきません。厄介な生き物です」

古市は再び要の前に座ると言う。

「そうは思いませんか」

要は答える代わりに言った。

「私は、死にたくはありません」

「そうですか」

いいとも悪いとも古市は言わない。微笑む。LEDの白い光が高く突き出た頬骨に反射した。


午前中の取材を終え、要はパチンコ店の駐車場に車をとめた。昼食を兼ね、人見高道の様子を見ておきたかった。

アルコール依存症の治療に関しては、由愛にボールを投げたままだ。少しは前に進んだだろうか。伊代にも直接話すべきか迷ったが、裁判の記事の件が負い目になって、連絡を取っていない。そこまで他人の家庭に入り込む是非も判断がつかない。自分にカウンセリング技術があれば別だろうが、むしろ世話になっている身だ。

店に入ると高道の姿はなかった。要と同世代の男が白衣を着てきぱきと働いていた。おばさんはそのままだ。確か宮西とかいった。

「あ、いらっしゃいませ」

張りのある男の声がした。券売機で牛丼を選び、食券をカウンターに出した。

店内には六人の客がいた。パチスロの雑誌を手にする客や、向こうの隅では、おじいさんがスポーツ新聞を器用に折り曲げ、競馬か競艇のページに赤ペンでチェックを入れている。

高道はどうしたのだろう。休みだろうか。この時期に風邪？　まさか働けないほどのアルコール漬けになっているのでは。それなら由愛から相談のメールの一本もあるだろう。いや、この前のこともあって、メールしづらいのかも。それとなく目の前の男に様子を探ってみようか。

要は調理を仕切っている男の顔を見て思い出した。初めて見る顔ではない。白衣に身を包んでいるせいで気がつかなかっただけだ。あの口うるさい、エリアマネージャーだ。

なるほど、この前は年長者に対してえらそうな口を叩いていたが、確かに手早くリズミカルに動き、笑顔も絶やさない。言うだけのことはある。

「お待たせしました」と、牛丼と味噌汁《みそしる》を要の前に置く。ありがとうと答えながら要は抑えられずに聞いた。

「この前までいたおじさん、今日は休みですか？」

「お知り合いですか？」

食べ終わった器を下げようとしていた、エリアマネージャーの手が止まった。

「困ったもんですよ。お親しいんですか？」

「いや、そう親しいわけじゃありませんが」

あまり深い話は無用だ。

要は丼の中の卵黄を牛肉と絡めた。

「いい年したおじさんが、三日も無断欠勤って、ありえないでしょ」

「三日も休んでるんですか？」

「そう、今日でね。本当に、いい大人が何を考えているのか」

「そうですか。もし見かけたら言っときます。ちゃんと仕事に行くように」

しかし男は嘲笑するとあっさりと言った。

「いや、いいです。もう代わりの人探しましたから。明日から研修に来てもらいます。しばらく不慣れなこともありますのでよろしくお願いします。うちはその点、お客様には恵まれていますので」

男がへらへらと媚びるように笑う。スーツを着ていたときの終始不機嫌そうな態度からは想像できない。

「家に電話しても誰も出てくれないから。携帯に出ないとなると、お手上げですよ」

固定電話あるあるだ。それにしても……。

要は牛丼を食べながら首をかしげた。高道はどうしたというのだろう。

最初に頭に浮かんだのは転職だった。昼間ハローワークへでも通っているのだろうか。この前も仕事は楽しくなさそうだったし、もうここへ来るのも我慢できないくらい行き詰まっているのかもしれない。

しかしそれならさっきエリアマネージャーが言ったように、いい大人なんだからまずここを辞める手続きをするべきだ。失業手当をもらうことも計算に入れ、道筋を立てるべきだ。

食事をすませ車に戻った要は、放っておくわけにもいかず、伊代の携帯に電話をした。

「あのう、高道さんは、ご在宅ですか？」

高道が出たらまずなんと言おうか要は考えた。しかし伊代は沈んだトーンで答えた。

「夫なら仕事に行ってますが。裁判の取材なら、夫に聞いても、あまり意味はないと思いますよ。息子に興味ないから」

「ええ。まあ、そうなんですが」

要は話をどう進めようか悩んだ。余計な心配をかけさせてもいけない。

「夜は自宅に戻られていますよね」

「はあ、何時に戻っているかはよくわかりませんが。ところで最後の証人って誰なんですか？　要さんはご存じないですか」

伊代の頭には相変わらず典洋のことしかないのだろうか。

「それは僕にもわかりません」

「そうですか……はあ。ところで記事はどうですか。記事にしたくなったでしょ。あんな、非人道的な行為で典洋を傷つけておいて。あんなふうに追い詰めて、よくもいじめじゃありませんなんて言えたものよ。あなたの新聞社に、正義という言葉が生きているなら、記事にしないわけにはいかないでしょ」

「じつは、そのことなんですが」

要は気持ちを抑え、わざとゆっくり発音した。

「記事の件ですが、正直難しいということをお伝えしておきます。いや、もちろん最後まで裁判は見守るつもりでいますし、どういう形であれ、世の中に問えるよう、こちらでも心にとめておきたいと思っています。ただ今すぐどうこうというのは、お約束しかねるわけで……」

「冗談言わないでよ。あなた裁判で、何を見てたの？　何を聞いてたの？　ただ座ってただけ？」

それより、旦那さんや娘さんのことに目を向けて下さいと、要はよほど言いそうになった。高道のアルコール依存症についての話も出てこない。由愛は伊代に、あのパンフレットを見せたのだろうか。家族で話し合いはなかったのか。

「あなたの上司はなんていう名前なの。直接話をするから」

「いや、その上司からの指示でもありまして。僕にしても典洋君のことは非常に心を痛めて……あれっ……もしもし……伊代さん……まじ」

電話は不通になっていた。

裁判記事に関してはともかく、高道が家にいないことはわかった。少なくとも妻の伊代に行き先は知らせていない。

まあいい。またあとで考えるとして、とりあえず総局へ戻ろう。

エンジンをかけようとして要の心がざわついた。本当にいいのかと、誰かの声がした。

鬱陶しく思われるのを承知で由愛にラインで尋ねた。

〈お父さんの居場所知らない？〉

学校はまだ昼休みだったのだろう、すぐに反応があった。しかしわずか四文字。

〈しらない〉

今、高道は、会社の人間も家族も、誰も知らない場所にいる。総局に戻るのをやめ、要はハローワークに車を向けた。さっき牛丼を食べながら頭に浮かんだ場所だ。

(何してるんですか、人見さん)

(おっ、要君。妙なところを見つかったな。おたくも職探しかい)

(な、わけないでしょ。プチ行方不明になっていましたよ。どうしたんですか)

(うん、まあ、いろいろあってね)

要は高道が合同庁舎一階のハローワークにいることを前提に、そんな会話を夢想した。

カーブになっている合同庁舎進入口で、はみ出してきた車と接触しそうになった。慌ててブレーキを踏む。「くそったれが」と怒鳴る男の顔が後方へ消えた。

車を降りると、要は急いで建物に入った。それほど広いスペースではない。受付女性が「こちらでカードを」と言うのを無視して、コンピュータ画面の並ぶブースへ向かった。

画面を覗き込む人の後ろを歩きながら、高道を捜す。

いない……いない……いない……。

似た背格好の男を見つけると、横顔を覗いた。しかし二往復しても高道を見つけることはできなかった。掲示板の前や、失業手当給付の列にも行ってみる。

いない。

どこへ行ったのだろう。いったいどこへ？

外へ出ると日は真夏のように眩《まぶ》しかった。

要の動悸《どうき》が高まり、いつかあった悪夢のような記憶と重なりあった。

「どこへ行ったの？」

あの日、小学生の要は空に向かって尋ねていた。願いならなんでも叶《かな》えてくれそうな、青い空だった。

その日、学校からマンションに帰ってくると、要は六階まで時間をかけて階段で上がり、自分の鍵でそぉっと玄関を開けた。今日は殴られませんように。夕食が食べられなくてもいいから、お酒を飲んで眠っていますように。しかし今日は朝から機嫌がよかったから期待もした。もしかして父の機嫌がよく、夕食にありつけるかも。

祈りながら家に入った。

靴を脱ぎ、ふと異変を感じた。

いつもなら要の鼻腔《びこう》を刺激する、お酒の臭いや風呂に入らなくなった父の体臭が、それほど家の中に漂っていない。

ふと不安になり、引き戸に指をかける。父が占拠している居間と台所へ注意を払う。開けようか……どうしよう。

眠っているところを邪魔したと殴られることもあれば、眠っていても、学校から帰ってきたら、起こして挨拶するのが当然だろうと殴られることもある。今日はどっちだ。

一分……二分……三分。

それにしても気配がない。扉といっても、薄い引き戸だ。

我慢できず、扉をそっと開け中を覗いた。

居間には誰もいなかった。奥の台所へも注意を向けるが、気配がない。この時間、基本的には少し酔いが醒めている時間だ。機嫌がよければ夕食の支度をしている日もある。あるいは昼寝が長引き熟睡中のときも。

「何、これ!」

台所に入り驚いた。流しに積み重ねてあった食器が綺麗に洗って片付けてあり、床に転がっていたいくつものゴミ袋が、すべて捨てられていた。

改めて居間を眺めた。父がいつもくるまっていた毛布がどこにもなかった。散らかっていたティッシュや菓子袋も見当たらない。漫画雑誌もまとめて縛ってあった。

何かが起きていた。要は水色のランドセルを置くと、頭をフル回転させた。そして素晴らしい結論に辿り着いた。今思い出しても笑えてくる。そして同時に涙が込み上げてくる。哀しい笑いだ。

けれど、そのときは本気でそう思った。

なぜなら父はいつも、言っていたから。心を入れかえろと。

殴るときも、心を入れかえろと。蹴るときも、心を入れかえろと。裸で真冬のベランダに出されたときも、心を入れかえろと。熱湯の浴槽に顔を押さえ込まれたときも、心を入れかえろと。腐ったご飯を食べさせられたときも、心を入れかえろと。

たぶんお父さんも、自分で心を入れかえたんだ。

そうだ！

お父さんは、どこか新しい場所へ引っ越して、新しい気持ちでやり直そうと考えたんだ。きっと今、引っ越しや転校の手続きで走りまわっている。それで朝から機嫌がよかったんだ。言ってくれたらいいのに。どこへ引っ越すつもりなのかな。

要は新しい町の匂いは、きっと母さんの匂いがすると、勝手に想像した。母さんの匂い、母さんの匂いとスキップしながら、要は自分の部屋に行った。自分だって荷物を整理しなきゃ。いつでもここを出られるように。

「行くぞ」

と、言われたとき、

「うん。いいよ」

と、答えられるように。

「すごいじゃないか」

と、言われたら、

「心を入れかえたから」

と、答えるんだ。

楽しい時間はすぐに去った。虐待を受けていた少年には、持っていく荷物などダンボール箱ひとつあれば足りて、あとは退屈になった。

窓の外を見ながら要は待った。あれほど青かった空に少しずつ雲が広がり、ついに青い部分を失った。いやだな。胸騒ぎを覚えたが要には待つしかなかった。玄関を出たり入ったり、一階へも下りてみたが、マンションのまわりは静かだった。もしかしてマンションごと、どこか異空間へ移動してしまったのではないかと、ありえないことまで要は想像した。

また部屋に戻ることにした。

茶色の傷だらけの軽自動車がかどの薬局の看板を曲がって現れるのを、息を殺してじっと待つ。

次第に不安とそれを打ち消そうとする気持ちがせめぎあいを始めた。喜びはすっかり萎《しぼ》んでしまっていた。

茶色の車の代わりに、白の乗用車がマンションの駐車場にとまったのは、それから一時間ほど経ってからだ。車から男と女が降りてきた。

まるで特別な使命を持ったような目でマンションを見上げた。目と目が合って要は窓を閉めた。

しばらくして玄関のチャイムが鳴った。

「大同さーん。どなたか、いらっしゃいませんか」

男の声だった。父親と同じ強い声だった。数秒おいてまた同じ声が呼びかけてきた。要は台所脇のインターホンの前で体を硬くした。画面に映る二人は困った表情でしばらく待った。女が前に出た。

「要君。いるのかな？　いないのかな？　お父さんのことで、大切なお話があるの。本当に大事なことなの。私たち、怪しい人じゃないから。警察、おまわりさんってわかるよね」

要は玄関に走った。

そのあとのことはよく覚えていない。マンションを出る前にトイレに入ったが、おしっこが出なかったことだけ、はっきりと覚えていた。

車内で父親が海に落ちて亡くなったと聞かされた。車ごと突っ込んだと聞いたのはそのときだろうか、それともそのあとだっただろうか。

要は茫然《ぼうぜん》と話を聞きながら、時折「ごめんね」と言う女性に、なぜこの人が謝るのだろうかと不思議に思った。

海……海……海……。

そうだ。海だ。ハローワークなんかじゃない。

要はエンジンをかけ車を走らせた。松阪の海は車ごとダイビングして自殺する港として、地元では有名だ。

港へはバイパス道路に乗って十五分ほどで着く。コンクリートの向こうはすぐ海で、砂浜もない。タイヤ止めも、それと見ないとわからないくらい小さい。

到着すると平日でも四、五台の車が、ハッチバックを開けたままとまっていた。ひと目見て釣り客とわかる。レジャーチェアに座って釣り竿《ざお》を持つ者が数人いた。ほかにも、糸は海に垂らして、竿は堤防のコンクリートに這わせビールを飲む者。要は陽気に笑いながら話している二人組に声をかけた。世間話から入る余裕もなかった。

「変なことを聞きますけど、今日海に車ごと飛び込んだとかありませんでしたか」

「ほんと、変なこと聞くね」

男の一人が飲み終えたビールの缶をぐしゃっと手の中で潰した。

「いつの話？　友だちが心配とか？」

もう一人が興味深そうに聞く。

「今日です。あの、何時くらいから釣っていますか？」

「十時かなぁ。あ、向こうのじいさん一日中いるって。聞いてみたら。おたくは釣りはしないの？　これからキスが釣れるよ」

四方山話《よもやまばなし》に巻き込まれそうになって、要はその場を離れた。おじいさんは朝六時からいるそうだが、見ていないという。要はメールもチェックした。何か事故があれば警察消防担当の記者から一報が入る。

高道が自殺をしようとしているなどと、考えすぎだろうか。単に仕事から逃げ出したくてどこかで時間を潰しているだけ。きっとそうだ。

しかし、そう考えれば考えるほど、反対の気持ちが押し寄せ心配になる。

緑色の海面を見ながら、ふと思った。高道にとって、典洋はどういう存在だったのだろう。伊代のような、べったりとした関係ではないだろう。しかし自分の息子であることに変わりない。息子のことを愛していただろうか、愛しているだろうか。

「おとうさんはいいじんせいをおくれなかったけどおまえはしあわせになってくれおとうさんがしねばすべてはうまくいく」と書き残した紙を、要がテーブルの下から見つけたのは、父親が死んでから三日後だった。一人になった要はすぐにマンションを出ることになったが、皮肉なことに持って出る荷物はダンボール箱に片付いていた。

もしかすると、初めて店で会ったときから、すでに高道は酒を飲みながら仕事をしていたのかもしれない。酒を飲む。それは仕事に嫌気がさしていたからだろうか。伊代にもまして高道は、典洋の自殺に苦しめられていたのではないか。

典洋のことをどう話していたっけ。卑屈な笑顔を思い出す。

「あの子は私に似てるんですよ。優しくて、親にくってかかったこともない。それだけに母親は怒りが収まらないんじゃないでしょうか。あいつが、伊代が怒っている相手は、いじめた連中以上に私なのかもしれません。私に似てしまったから。私に似てしまったせいで典洋は……」

そんなことも言っていた。

似ている、ということは。

もしかして……。

要は慌てて車に戻った。エンジンをかけ、急発進させる。釣り人たちがバックミラーに驚いた表情を残した。

そうだ。

もし高道が自殺を選択するとすれば……。

手遅れではないかと気持ちが焦った。最初に気づくべきだった。

車を神社の階段の手前にある狭い駐車場にとめた。正月や祭りでもない限り、ほとんど人はいない。

石段を駆け上がった。

少し広いこの場所は正月ならば火が焚《た》かれ、臨時の御札売り場になったり、御神酒《おみき》や甘酒が振る舞われたりする。周囲は雑木で囲まれ鬱蒼《うっそう》としている。要は盛り上がった木の根を踏みながら歩いた。先の細い道を行けば本殿がある。

空気は草や土の匂いがする。湿気を含み、それでいて清々《すがすが》しい。しだの葉や苔《こけ》が狭い参道へ誘い込むように生い茂る。

典洋が首を吊っていた場所というのはどのあたりだろう。典洋の映像が高道の顔と重なり、要は身震いした。

視界が広がる少し手前で、要の足が止まった。雑木林の中に動く者の気配を感じた。左手に目をやる。高道がいた。背後に何か隠すように手を組んで立っていた。目が合って、お互いに笑おうとして笑えない顔で向き合った。

「あなたは何をしているんですか？」

要は日本語学校の教科書にある例文のような日本語で話しかけていた。

「ちょっと散歩を……」

高道の背後で、がさっと物の落ちる音がした。思ったより大きな音だったのだろう、高道が思わず足もとを見た。しかしすぐに顔を上げると、何もなかったようにゆっくり歩いてきた。

「あなたこそ、どうして……はは っ」

要は草むらへ入っていった。

「来なくていいです。そちらへ行きますから」

要は高道の苦しそうな声を無視した。何を捨てたのか確認する必要があった。足首に蔓性植物がまとわりつくのを蹴り上げて切った。

来なくていいですよ。何もないですよと高道が両手で追い返すような素振りを見せた。両肩をつかみに来た高道を要は軽くいなした。随分と酔っているのだろう、軽く払ったつもりが、高道はその場で尻もちをついた。二歩三歩と進むと、緑の中に白いロープが、長々と横たわっていた。

「これはなんですか」

要はロープを拾った。持ち上げるとそれは濡れて強いアルコール臭を放っていた。清めるつもりで酒をかけたのだろうか。

「知らない。最初っからあった。本当だって。信じて下さいよ」

一パーセントでも本気で信じてもらえると思っているのだろうか。

「本当ですよ」

高道に哀願され要はつらくなった。そこにいるのは弱さともろさがあらわになった、自分の父親の姿でもあった。この男はそれほど死にたいのか。死ぬしかないのだろうか。

しゃがみ込んでいた高道の手が要の足にすがりついた。

「そうだよ、あんた。頼みがある」

高道が赤い目で見上げていた。

「殺してくれ。そのロープで、俺の首を絞めて殺してくれ。なあ、頼む。この苦しみから救えるのはあんたしかいないんだ。本当だって。殺してくれ、殺してくれ」

声は不吉だった。

バサバサとカラスが飛び、枝葉がざわめいた。

「本当に、死にたい、ですか」

要はロープを持った手にぎゅっと力を入れた。

16

兄の遺影を抱き、由愛は後部座席でじっと前を見ていた。伊代は国道に出ると一気に車を加速させ裁判所に向かう。助手席には父親の姿があった。仕事を休んで裁判の審理を見に来るとは意外だった。

由愛は後部座席から、解《わか》り合えない並んだ二つの頭を眺めた。母親はもう髪を切ることさえ忘れたようだ。父親の頭は地肌が見えて、三日前に食べた弁当の空き箱のような臭いがした。

見たところ家族は平穏だ。

この前は父親の暴力に譲歩した形で、母親は由愛が塾へ行くことを認めてくれた。しかしそれは父親の飲酒を加速させた。

母親は以前から飲酒にはうるさくなかったが、由愛からも酒を飲むなとは言いづらくなった。陣取りゲームで家の外に追い出されていたキャラが強い武器を得て盛り返し、家の中を再び侵攻するように、父親はキッチンに君臨した。

もうお酒のパックを隠す必要はなかった。それどころかウイスキーが加わった。若い頃よくスナックで飲んだと、ジョニ赤だとかホワイトホースだとかの水割りを作り、機嫌がいい日はおまえも飲めと由愛を誘った。父親は進学の件で、由愛と同志的な絆《きずな》を持ったと勘違いしていた。

そして母親は、塾へ行かせる代わりに、最後まで裁判で闘うつもりだった。この裁判で負けてもまだ終わりそうになかった。そして朝食を作ることを完全にやめた。つまりは二人とも由愛の頼みを聞く代わり、自由に振る舞う権利を得たと思っているようだった。

夕食は、総菜を買ってきたり、自分で作ったりして由愛が用意する。呼びに行くと、両親は、決してなつくことがない野良猫のように、別々にこっそりと姿を現す。

この家族に今よりまともな未来が訪れるのだろうか。

家族から逃げ出したくなることもある。そんなときには翔の顔を思い出す。そしてラインを送る。一日の終わりには必ずこう書く。「二人のために」と。つらくて三葉に愚痴をこぼすこともある。そのたびにいろんな言葉で励ましてくれた。

「そうだお父さん。昨日要さんが捜してたよ。連絡取れた？」

ぼんやりと揺れていた父の肩が、怯えるようにビクッと震え静止した。母は前を見てハンドルを握っている。

「あぁ……あのあとお会いしたよ」

「もしかして、裁判を傍聴するように、要さんから言われたの？」

「いや、まぁ、おまえと母さんが典洋のために一生懸命やってると聞いてたから、お父さんだって一度くらい顔を出さないと罰が当たると思って」

珍しく母親のやっていることを評価した。いい兆候だ。アルコール依存症の治療も、折を見て勧めてみよう。今も父親が言葉を発するたび、アルコール臭が車内に漂う。

もしかして朝から飲んだのかも。思っても聞けなかった。

裁判所に着くと、今日は一木と会うことなく、奥の階段から三階に上がった。

302号法廷の傍聴席に、今日来る義務はないのに翔の横顔があった。

ラインでは伝えたが本当に来てくれるか確信はなかった。

学校の人間は二名、翔とは離れて座っていた。由愛は遺影を母の手に託すと、そのまま翔の隣に座った。

母親はどういうことかと由愛を追いかけようとしたが、見えない壁がそこにあるように、足を止め、遺影を抱いたまま、いつも座る席へすごすごと歩いた。

父親は中央の列の真ん中あたりに、すべての体重を投げかけるように腰を下ろした。

由愛は翔を見た。

「本当に来てくれたんだ」

「うん。大丈夫？」

「翔ちゃんがいてくれれば」

「僕たち二人が並んでるって、世間から見ておかしくない？　お兄さんをいじめてたやつとその妹」

「世間って、何？　世間って、誰？　そんな見えない世間のために自分の意思を奪われたくない。翔ちゃんとなら、世間にだって、世界にだって立ち向かえる」

「いいな。　由愛の言葉」

翔が初めて由愛と呼んだ。

学校側の代理人山田陽一《よういち》が、法廷から由愛のそばに来た。

「じゃあ、よろしいですね」

余裕のある笑みが口髭とよく似合っている。ゆったりとした振る舞い。好みは別にして、男性からいい匂いを感じたのは初めてだ。立派を絵に描いたようなおじさんだ。

由愛は山田のあとについて法廷に入った。山田が代理人席の前に用意された長椅子を勧め由愛は浅く腰を下ろした。

「無理はしなくていいですから。私の質問に簡潔に答えて下さい」

「はい」

緊張はしたが、どこか演劇の舞台に似て、三葉に話したら羨ましがられそうだ。

要が入ってきたのが見えた。由愛を見て首を突き出し、一瞬ぽかんと間抜け顔になった。

母親がふいに立ち上がり、困惑のまじった瞳で由愛を見た。典洋の遺影を抱く手が震えている。

「傍聴席の方は座って下さい」

書記官はその人が誰なのかは分かっている。やさしい声だった。尻もちをつくように、彼女は腰を下ろした。

母親は息子を抱き、写真の息子は、笑顔で由愛を見ていた。要は父親の隣に座ると、何か話しかけた。父親は苦い汁を吐き出さないよう片手で口をぎゅっと塞いでいた。

法廷内が静まる。溜息をつく場所も時間もない空間が、由愛を不安にした。

全員そろった旨を書記官が、内線電話でどこかに告げた。少しして裁判官席の向こうの扉が開いた。裁判長を真ん中に、三つの黒い服が現れる。全員が起立して礼をした。座ると裁判長が無機質な声で由愛に話しかけた。

「それでは始めましょうか。よろしいですか」

「はい」

「じゃあ、証言台の前に立って下さい」

由愛は証言台の前に行こうと長椅子から腰を上げた。すぐ目の前に迫るように、父と母の顔があった。私がここで証言することが、本当に止まったままのこの家族を動かすことになるのだろうか。

証言台の前に立っても、裁判長に表情はなく、そんな人間に向かって話すのは、どこか抵抗があった。人定質問と宣誓を終えると裁判長が言った。

「質問は右側から来ますが、証人は正面を向いたまま答えて下さい。どうぞ座って下さい」

由愛は椅子を引いた。

山田は立つと、ゆっくりファイルを確認した。由愛が落ち着くのを助けるように。

「さて、人見由愛さん。いろいろとお聞きしますが、嫌な質問には答えなくていいですし、もしつらくなったり気分が悪くなったりしたら、すぐにおっしゃって下さい」

「はい」と、由愛が小さく頷く。

「まず、どうして証言台の前に立つ気持ちになったのか、お伺いします。なぜですか？」

「私が証言しないと、終わらないと思ったからです」

「終わらないとは、どういう意味ですか？」

「意味は、二つあります。ひとつはどうして兄が自殺したのか突きつめるなら、私にも責任があります。私も兄を殺してしまった一人であり、被告です」

由愛はまっすぐ前を見て話しながら、きちんと声が傍聴席にいる父母や翔に届いているか気になった。

「なるほど、そうですか。それでもうひとつの理由は？」

「裁判を早く終わらせたいからです。母にあきらめてもらいたいからです。生きるために。うちの家族は船でたとえるなら、みんな、それぞれ、海のはるか沖で沈みかけています。このまま続ければ、たとえこの裁判で負けても、母はまだ控訴するつもりでいます。だから今のうちに家族をなんとかしたくて」

「家族が壊れてしまわないように、なんとかしたいということですね」

「いえ、それぞれの船はもう壊れています。なのにまだ自力で航行できるつもりでいるのです。もう沈みかけているそれぞれの船を、早く安全な港に曳航《えいこう》してもらって、治せるなら治したい……治して欲しい」

由愛は強い声を意識した。法廷を暗くしたくなかった。私はつらくない。私は弱くない。

「父はアルコール依存症がどんどん酷くなっています。きっと今日も朝から飲んでいます。母は全エネルギーを裁判に費やして、あとは死んだ兄の部屋に引きこもっています。思い出の中に生きる時間が少しずつ長くなって、とうとう朝食を作るのをやめました。最近は夕飯の支度をしない日もあります。できないのかもしれません。そして私は……もうぎりぎりです。明日が信じられなくなってきました。将来ちゃんとした生活が自分にあって、誰かがそばにいて、ちゃんと笑えて、ちゃんと幸せだと感じる瞬間があるのか……考えると、不安だけが押し寄せてきます」

由愛は振り返って翔の目を見たかった。翔の大丈夫だよという視線を感じたかった。けれどそれをしてしまうと、自分の言葉から真実が消えてしまいそうな気がした。自分がここで揺れたら、この証言は誰にも信用されない。証言台にすがれるものは何もなかった。

由愛は続けた。

「兄のために使う、時間、お金、エネルギーを生きている家族のために使って欲しいんです」

父と母が背後にいる。どう伝わったのか、それとも伝わらなかったのか由愛は知りたかった。もちろん正面を見ていてわからない。

「あなたのお気持ちは、よくわかりました」

山田は大きく深呼吸すると由愛の代わりをするように、傍聴席をしっかりと見た。

「ところで、先ほどおっしゃった〝私も兄を殺してしまった一人〟というのは抽象的な意味ですか。それとも具体的な何かがあったということですか？」

「具体的な出来事です。兄は高校へ入ると急に愚痴っぽくなりました。私の顔を見ると、ぐちぐち話しかけてきました」

「普通にあるコミュニケーションとは違っていたんですか？」

「同情をひきたいのがよくわかりました。学校で何があったか知りませんが、よく殴られて、それをいちいち私に報告するんです。そのくせ親には言うなよとか、わけがわかりませんでした」

「由愛さんはそういうとき、どう対応していましたか？」

「口ではテキトーに話を合わせ、心の中ではバカにしていました。……そして、この前の尋問のときに、兄が目のまわりを腫らしていたと言っていましたが、あのときも、やはりぐちぐち言われました。いつか痛い目に遭わせてやるとか、誰もわかってくれないとか、クラスでも浮いてる存在だったようで、だからいじめの標的になったのだと思います」

「顔を殴られて帰ってきたとき、由愛さんはお兄さんに、どう返事をしましたか？」

「鬱陶しくて思わず、死ぬのも方法のひとつだよって。いや、たぶん、もっとキツイ言い方だったと思います」

「キツイ、とは？」

「うっせーんだよ。おまえなんか死んでも誰も気にしねーよ、とか」

「その言葉が、お兄さんが亡くなったひとつの要因だと考えるわけですね」

「もっと優しい言葉をかけていれば……違っていたと思います。兄が本当のことを話していたのは家族の中で私一人でした。私が兄の、最後の浮き輪だった。なのに、しがみついていたその手を、私は払いのけてしまったんです」

「なるほど。お兄さんへのそのキツイ言葉が、お兄さんを追い詰めてしまったと」

「今になって、そう思います」

由愛は答えながら思い出した。あのとき兄は弱々しく笑っていた。そうだよな、ごめんな。由愛には関係ないことだよなとこぼしながら。

「お兄さんが亡くなってから、何か感じたり、考えたりしたことはありましたか?」

「感じたり……。何を食べても味がしないし、おいしくないし、食欲が一切なくなりました。呑み込むという行為がおっくうになりました。ネットを見ても面白くなくて、もう動画もずっと見ていません。考えたことは……。やっぱり、なんで死んじゃったのかなって。今までここで証言してきた人たちも、きっとみんなそうだと思うし、もちろん両親も同じだと思います」

「なんで死んじゃったのかなってこと?」

「はい。その解答欄を埋めたくても、やっぱり、なんで死んじゃったのかなって、問いしか残らないんです。解答欄は、ずっと空欄のまま」

「その空欄を埋める言葉はありませんか？」

「それは……たぶん、ありがとうだと思います。でも、まだ誰も、ありがとうって、亡くなった兄に言うことはできずにいます。だからこそ、ありがとうって言えるような家族になって、兄に見てもらいたいと思っています。今の人見家にはありがとうどころか、お互いを思いやる気持ちすらありません。お互いを見ようともしません。でもそれは、これから先もずっとそうだとは思っていません。きっといつか……きっといつか……」

由愛は言葉に詰まった。涙がこぼれそうで、ぐっと息を止めた。

そのときだ、傍聴席で突然声が上がった。伊代だった。

「由愛。もういいよ。なんにも言わなくて、もういいよ」

由愛が振り向くと、兄の遺影を椅子に置いて、伊代が最前列で由愛に手を差し出していた。

「由愛も苦しいんだよね。わかってるんだよ。わかっていて、おまえを傷つけることも言った。ごめん、どうしようもできなくて。お母さんも苦しいんだよ。由愛。苦しくて、苦しくて、苦しくて……」

伊代がボロボロと涙を流す。

どこからか女性職員が現れ小さな声でなだめた。

裁判長は休廷を宣言した。

由愛は証言台から傍聴席へ行くと、母のそばへ歩いた。

どこへ行ったのか、父親と要の姿はなかった。

「お母さん」

声をかけると、「ごめん、由愛」伊代はそれだけを言うと、ものすごい力で由愛の腕をつかんだ。顎が壊れそうなほど歯をぎしぎしかみ合わせ、「苦しいんだよ、由愛、苦しいんだよ」とうめく。言葉も声も使い果たしたかのように。呼吸だけが激しくなり、体を震わせる。

「お母さん。お母さんがいちばん苦しいんだよね。わかってる。でもさ、私は思いたい。お兄ちゃんは誰かを憎んで死んでいくような人じゃない。誰も憎めなかったから、死んじゃったんだと思う。悲しくて、虚しくて、寂しくて、やりきれなくて。突然すぽっと、空いた穴に落ちちゃったんだと思う」

由愛は母親の細い腕をやさしくさすった。

「理由は、いじめもあったと思う。私にも責任がある。ほかにも悩んでいたかもしれない。はっきりしてるのは、このままだと誰もお兄ちゃんに、ありがとうって言えないよ。いつかお兄ちゃんに会ったとき、待っててくれてありがとうって、誰も言えない。だって誰もしあわせじゃないから。しあわせじゃないと、誰かに心からありがとうなんて言えない。わかってくれるよね」

母親が小さく頷いた。

「私は、お父さんにもお母さんにも、しあわせになって欲しいんだよ」

由愛はしゃがみ、母親の体を抱いた。自分とよく似た細い体が震えていた。それはゆっくり由愛の魂の震えと共鳴した。よかった。母親の体にはまだ生きている人の温もりがあった。

伊代の目から涙が溢れ、もう泣くこともできない典洋を慰めるように、由愛の手の甲にしたたり落ちた。

# 17

302号法廷に入ってすぐ、大同要は我が目を疑った。由愛が傍聴席ではなく法廷の長椅子に座っていた。そばに立つ学校側の代理人弁護士が微笑みながら話しかけている。まさか証人というのは由愛なのかと驚愕した。

しかも被告側からの証人なのだ。何を話すというのだろう。

伊代の姿はいつもの席にあった。正面に一木の姿を見ている。中央の列に高道の姿を見つけほっとした。右隣に座り、昨日は眠れましたかと軽く挨拶した。

ベージュの椅子は、座ると軋んだ音をたてた。

「大丈夫です……それより、由愛が証言するようですね」

尋ねる高道の声は非難めいて、要さんあなたは知っていて、ここへ来るように言ったんですね、知っていれば来ませんでしたよと、そんなふうにも聞こえた。要はもちろん知らなかったが、ここで弁解しても仕方がない。「そうみたいですね」と由愛を見る高道の横顔を眺めた。

無精髭が生えた皮膚から、アルコール臭がして、腹立たしさが込み上げる。昨日仕事そっちのけで高道を捜しまわり、説得したのはなんだったのだろう。あのあと古市と何を話したのだろうか。もちろんいきなりカウンセリングというわけではないのだろうが。

昨日神社で見つけた高道は、殺してくれと要に頼んだ。法的にはもちろん、道義的にもできないことだ。せっかく美奈とも上手くいっているのに、殺人犯でつかまっている場合でもない。いくら美奈が天使でも、五年十年と服役する自分を待ってはいまい。自分だって嫌だ。

要はすぐ家族に連絡して対策を考えるべきだと話した。高道にとってそれが最良の道だと。しかし高道は自殺しようとしていたことは、家族には内緒にしてくれと嘆願した。最後は土下座までされて、要は承知した。ただ明日のことが心配で、裁判を傍聴しに来ることを条件に、約束したのだ。

高道は殺してくれとわめいたり、助けてくれと哀れな声を出したり、とにかく混乱して、まずそれを鎮めるのが先決だった。

石段に二人で座って落ち着くのを待った。

そしてこれからどうするか、静かに話をした。要にできることは、古市のところへ連れていくことくらいだ。

「自殺のことは黙っているとしても、仕事のことは、いつまでも隠せることではありませんよね。それから、お酒のことも」

高道はすでに解雇を前提に会社が動いていることを知っているのだろうか。どこかでちぎった草を左手に握りしめている。その手が震えた。

「だから、私が死ねばいい。私が死ねば、みんな上手くいくんですよ」

最後の力を込めて高道が出した答えも、結局はそこに戻ってくる。

「典洋君も、おそらくそう考えて死んだのだと思いますよ。けれども、今の人見さんの家族はどうですか。よくなりましたか。その逆ですよね。誰かが自殺しても、周囲の人は、悲しむか、苦しむか、忘れるかそのどれかです。もちろん今こんなことを言っても、当事者であるあなたが救われないことはわかっています。僕はあなたを説得できるとも思っていません。だから、ひとつだけ教えて下さい」

要は高道の顔を覗き込んだ。

「あなたが生きるために、私にできることは何かありませんか。あなたを殺すこと以外にないのですか」

長い沈黙になった。

トカゲが雑草のあいだから飛び出し、二人の前を横切った。

階段下で小型犬を連れた女性が小さく微笑み、お辞儀をして通り過ぎた。リストラされた二人が慰め合っているように見えただろうか。それ以上悪いことは彼女には想像できないだろう。

木々の隙間からときおり眩しい光が降る。

高道がきつく目を閉じて言った。

「連れていって下さい」

「えっ……」

「わたしはもう、自分ではどうすることもできません。どこか安全な場所へ連れていって欲しい。ただ、家族にだけは……」

プライドの高さなのか思いやりなのか、要には理解は難しい。わかりましたとだけ答え、要はすぐに古市と連絡を取った。

「今からお昼にしようと思ったのに、鬼ですね。じゃあ、すぐにいらして下さい。四時半までなら空いてますから。その代わり、今度埋め合わせをしてもらいますからね」

「はい。わかりました」

「冗談ですよ」

「あ、そうでしたか」

「焦っているようですが、気をつけていらして下さいね」

要は古市の冗談にも適当な言葉を見つけられなかった。おかげで古市は深刻な状況を察知してくれたようだ。

「僕の車で行きましょう。階段を下りたところにとめてあります」

ここからでも車の黒いフロント部分が見える。

高道は立ち上がったと思ったらすぐに尻もちをついた。要が腕を貸し、慎重に一段ずつ階段を下りる。まるで老人の介護をしているようだ。

「高道さんは、ここまでどうやって来たんですか？」

「覚えてません」

「そうですか。ともかく行きましょう」

車を走らせながら話しかけても、ところどころ記憶があやふやだ。自殺願望から来る混乱なのか、過度のアルコール摂取が招いた短期の記憶障害なのか、もちろん要にはわからなかったが、明らかに治療が必要だ。

ハート形のピンクの看板が見えた。水色でふるいちひさしの文字。バラの花殻摘みが終わり、庭ではハーブとミニトマトがすくすく育っていた。高道はそうした植物にもまったく興味を示さなかった。

待合室に高道を座らせ、要は古市に自殺の不安があることと家族支援をどうするか、本人が家族には知られたくないと話している旨を伝えた。

古市からは、「死にたいという気持ち」と、「生きたいという気持ち」のはざまで、この三日間苦しんでいたのでしょう。家族に知られたくないという人ほど、家族の心理教育や家族への介入が必要となってきます、と説明された。

そして古市は要に、この先何があってもあなたに責任はありませんから。今日はあの人を見つけてくれてありがとう。死にたいと思っている人は、みんな見つけて欲しいんですよと、いつもの笑顔で言った。

要は高道の隣で証言台の前に座る由愛の背中を見つめていた。

「生きている家族のために使って欲しいんです」

由愛が発言したとき、隣にいた高道がすっと席を立った。

「トイレに」と、高道の口が動いた。音をたてぬように、高道が傍聴席を出る。

由愛の言葉が続いた。由愛の想いは要の胸にも痛く響いた。由愛の話が進むにつれ伊代の表情が険しくなった。そして家族のことを由愛の背中が語り始めたとたん、伊代は遺影を置き、ゆらり傍聴席のいちばん前まで歩いた。

伊代の腕が、助けを求めるように由愛に差し出された。

苦しいとうめく伊代の声。その苦しさは由愛も伊代も同じなのだと要は思った。そして同じということは、伊代の心のどこかにも、なんとかしたいという気持ちがあるのだと希望を持つ。わかっていてどうすることもできない苦しさ。その苦しさに寄り添える人さえいれば変われるのではないだろうか。

それは高道のアルコール依存症にも通じる。

高道は昨日はっきり言った。どこか安全な場所へ連れていって欲しいと。自力で航行できなくなった船を曳航してくれる船。そういう存在が必要なのだ。それでもなお死にたいという気持ちは簡単には消えない。いつだったか古市が口にした言葉を思い出した。自殺の計画を立てた七十二パーセントは、再び自殺企図に及んでいます。次はより確実な方法でと。

そう考えた瞬間、要はさっき高道が出ていったドアを見つめた。

高道が戻ってくるのが遅い。

まさか！

要は法廷にいることも忘れ、音をたて立ち上がると外へ飛び出した。廊下の窓はすべて閉まって施錠されていた。トイレにも窓があったはず。以前記者仲間と用を足しながら会話した。

「ここから、樋《とい》を伝って逃げられますよね」

「昔、一度だけあったらしいよ」

もちろん高道が利用するなら、逃げるのではなく飛び降りるほうだ。

トイレに駆け込んだ。

窓が開いていた。

その窓の、まだこちら側に高道はいた。よじ登ろうとする手の形のまま窓枠をつかみ、背を向け、しゃがみ込んでいた。

要は昂《たかぶ》る気持ちを抑えた。自分の興奮が伝わって高道が衝動的に飛び降りるかもしれない。

ここは三階で十メートル下はコンクリートだ。植え込みも落下防止用のネットもない。

「大丈夫ですか」

静かに声をかけた。高道が窓枠から手を放し、体をこちらに向けた。

「大丈夫ですか」

へたり込んだまま高道が要を見た。泣いていたようだ。

狭いトイレの中で、要は高道の前にかがんだ。

そっと肩に触れて言う。

「大丈夫ですか」

ほかにかける言葉はなかった。もういくらかでも、高道の脳がアルコールに侵されていたらと考えるとぞっとした。

飛び降りる危機が去った今、あとは高道の心が動くのをただ静かに待つしかなかった。

古市の言葉をふと思い出す。

「治療が目的とするのは、その人が自分の人生を、自分の意思で生きられるようになることです」

「その人の人生とは、どういう人生ですか?」と、そのとき要は、聞かずにはいられなかった。

「それは、人それぞれです。私には私の人生しかわかりません。もちろん誰かの人生に責任を持つこともありません。私の仕事は、マラソンコースの案内人です。大丈夫です、あなたの走っているコースはこのマラソン大会のコースから外れてませんよと、そう教えてあげることとです。五キロを走るのが大変な人も四十二キロを快走する人もあります」

伊代や高道は、果たしてどこまで走り続けるのだろうか。もちろん自分も。

高道の呼吸が穏やかになったのを見て、要は声をかけた。

「高道さん。もう少し生きてみましょうよ」

「私は……由愛に、申し訳なくて、典洋にも、申し訳なくて、伊代にも、申し訳なくて」

「高道さんは生きたいんですよね。なのに自分で自分が許せないんじゃないですか？　奥さんだって、由愛さんだって、典洋君だって、きっとみんなあなたに生きていて欲しいと思っています。きっと」

憶測で言ってはいけないとわかってはいたが、要は言わずにはいられなかった。

そして気がついた。

それは、自分の父親に向けての言葉でもあった。生きていて欲しかった。要はしっかりと高道の手を握った。

「ねっ、高道さん。生きましょうよ。生きて下さい」

絶望の色にしか見えなかった高道の瞳に、少しだけ光が宿った。

「そうですよね。ちゃんと話します。伊代にも由愛にも。そして、あの先生のところへ通ってみます」

「それがいいです」

要がほっとして微笑むと、高道の表情も安らいで見えた。

「行きましょうか」

高道は自力で立つと水道で手を洗った。洗浄液をつけて、まるで後悔の底にこびりつく罪を落とそうとするように、何度も、何度も手を洗った。

要は窓を閉めながら、その高さに顔をそむけた。もし高道が飛び降りていたら。海へ、歯をくいしばり猛スピードで突っ込む父親の横顔が、要の頭の中で数秒再生されて消えた。

## エピローグ

七月になって、二つの大きな出来事があった。

ひとつは裁判の判決が出たことだ。

いじめがあったことは一部認められたが、自殺には複数の要因があると、損害賠償請求は棄却された。

伊代がどうするか気になっていたが、名古屋高等裁判所への控訴は断念したようだ。伊代に直接会って取材したかったが、古市のところで家族カウンセリングを始めたと聞いた。向こうから何も言ってこない以上、距離を置くほうがいいと要は考えた。

そしてもうひとつ。典洋の自殺裁判の取材が、日の目を見ることになった。

いや、まずその前に驚くことがあった。

デスクの坂上に、この時期としては異例の辞令が下り、地方の一記者として他県に配属された。

取材を通じて知り合った女性と不倫関係になり、記者としてのあるべき姿を大きく逸脱し、言論の自由を侵害してはいけないという社の理念をねじ曲げるようなことをしたとか、「そんな噂が本社に聞こえたのかなぁ」と、美奈がいたずらっぽく笑って教えてくれた。

内通者が誰なのかは言わなかったが、「天使を怒らせると怖いよ」と、ひとことつけ足した。

本社から来た新しいデスクは、社会問題を大きく取り上げていきたいと挨拶し、さっそく自殺の特集を本社とも連携して組むことになった。

「ここの総局では何かありませんか？」と聞かれ、要は自信を持って手を挙げた。

「今夜お祝いしようか」

総局の駐車場で美奈が提案した。

「それはやめておく。違う気がするから。ごめん」

美奈の笑顔を見ると悩んだが、要は正直に答えた。美奈は一瞬悲しそうになったが、すぐ笑顔に戻った。

「わかった。それと、謝らなくていいから」

「うん。飯は一緒に食おう」

「了解」

　美奈は赤い車に颯爽《さっそう》と乗り込むと、国道方面へ走っていった。

　これからしばらく地域面は、高校野球やインターハイなどスポーツ関係でほぼ埋まってしまう。

　その裏側で本当に報道しなければいけない事件や事故が必ず起きている。もちろんすべてを取材することも伝えることも不可能だ。

　だからこそ要は自分に言い聞かせた。たとえ小さなスペースでも、生きたいという気持ちに寄り添える記事を書こうと。

　車に乗り込んだとき、伊代からラインが入った。

〈今から、高道さんの仕事の面接に行ってきます。落ち着いたら、またお目にかかりたいです〉

　要にはその日が、それほど遠くないように思えた。

すると追いかけるように今度は由愛から。写真付きだ。
海を背景に由愛と翔が手をつないで写っている。
〈テスト終わったあ! 早く恋人ってタグ付けしたいな〉
こちらもそれほど遠くない気がする。
写真をよく見ると、凪《な》いだ海にぷかぷかと黄色い浮き輪が浮かんでいた。
誰かのための浮き輪が。

# 【解説】よくぞ書いてくれた！　嘘のない小説

白鳥久美子

実は最初のページをなかなか開けなかった。いじめについて興味がある私にとって、とても読みたい、と思う反面、読み始めるまで相当時間がかかった。いじめがテーマの小説と聞いて、だから私に解説文の依頼が来たことは理解していたけれど、どうしても読む気になれなかったのだ。

いじめられていた学生時代、逃げ場だった図書館で、救いを求めて手にした本は、どれもこれも「みんなで理解し合って仲よくなりました」という結論ばかり。まったく納得できない読後感、また救われなかったという虚《むな》しさ。今回もまた、それを感じたらどうしよう、と……。

でも、違った、まったく違った。

あの時の私が読みたかった物語がここにはあった。

本作は、主人公、人見由愛の兄・典洋が亡くなってからのお話だ。由愛は高校三年生。親友の三葉とともに居酒屋でアルバイトをしている。典洋が自殺をしたのは、由愛が中学一年生の時。それ以降、父親と母親の三人で暮らしていた。

母親の伊代は、何年経《た》とうと息子の死を受け入れることができない。息子の無念をはらそうと、とりつかれたように裁判にのめり込んでいく。彼女の心には息子しかいない。由愛も夫も存在しない。そして、妻からも社会からも疎外された父親は、アルコールに依存していく。

親友の三葉にもいじめられた過去がある。典洋の親友・翔は由愛のあこがれの先輩だったが、高校に入ると典洋をいじめる側にまわった。

みんなしんどい。しんどい人だらけ。それでも由愛は、家族とも友だちともまっすぐに向き合っていく。

そしてもう一人、しんどさを抱えた大人が登場する。大同要。伊代が、典洋の裁判の取材を依頼した新聞記者だ。幼いころのトラウマを抱え、それが原因で恋人との関係もうまくいかない。だが、由愛にだけは心を開く。彼の心の回復もまた、この物語の一つの柱となっている。

物語は、大同要が裁判所を訪れるところから始まる。作者の村上しいこさんが、何度も取材を重ねて書いたという法廷の場面はリアルだ。典洋をいじめた加害者、担任の教師、生活指導の教師などが一人ずつ証言をしていく。だれ一人いじめを認めない。まるで何もなかったように、表情も変えずに質問に答えていく。裁判の場面は読んでいてつらい。怒りも湧く。でも、これが現実の世界なのだ。学生時代に読んでいたら、もっとしんどかっただろう。だけどあの時、私はこういう本が読みたかったのだ。

きれいごとではない、本当の世界を知りたかった。

いじめに悩んでいた高校時代のある日、「死んじゃいたい」、そう思って、マンションの屋上に立ったことがある。つらくなったらあそこから飛び降りよう、そう決めていたマンションの屋上。

だけど、下を見て気づいた。全然高さが足りない。ここから飛び降りても死ねるわけがない。その時にすごく思った。

本当は私、めちゃくちゃ生きたいんじゃないか、って。

もしあの時、私が死んでいたら、私の家族も由愛の家族のようになっていたかもしれない。死んだら、私をいじめたやつらに復讐《ふくしゅう》ができると思っていたけれど、典洋の友だちや先生と同じように、だれも何も理解してくれなかっただろう。つまり、まったく復讐にならなかっただろう。

「逃げるか、回避するほうが賢明でしょう。逃げるが勝ち、と、昔の人はよく言ったものです」と、大同要が通う相談室のセラピスト、古市もこう言っている。本当にそうだ。ぶつかって精神をすり減らすより、逃げたほうがいいに決まっている。死ぬより逃げて生きたほうがずっといい。

ところで、本作には、私の経験や思いとシンクロする場面がたくさん登場する。一つは、劇団に所属する三葉の演劇のシーン。裁判官を思わせる人物たちが舞台に立ち、次から次へと思いを口にしていくのだが、私も高校時代、演劇部に所属していて、役に隠れて本音を吐き出していた。言いたいことや本音を全部セリフに書いて、大声で吐き出すことを密《ひそ》かに楽しんでいたのだ。それでずいぶん救われた。

もう一つは、裁判の後、いじめの首謀者である達也と、翔と由愛が向き合う場面だ。達也を説得しようとする翔に由愛が「翔ちゃん、もういいよ。こんなやつが謝るはずないって」と言うのだが、これは、一番印象に残った言葉。「こんなやつが謝るはずないって」。そう、よくぞ書いてくれた！　と、スカッとした。この世の中、悪いことを悪いと思わないやつが存在する。そもそもわかり合えない人間は存在するのだ。私が書いてほしかった真実。

村上さんは、どこかで私のことを見ていたのかな？　私の気持ちを知っていたのかな？　そう思うくらい、この小説は怒りが湧き上がるほどリアルで、でもいじめの「真実」を描いてくれて、本当に嘘《うそ》のない本。

心の底から、出合えて良かったと思います。村上さん、書いてくださってありがとうございました。

（しらとりくみこ／お笑いタレント・談）

本書のプロフィール

本書は、二〇一八年七月に単行本として小社より刊行された同名の小説作品を改稿し文庫化したものです。

小学館文庫

# 死《し》にたい、ですか

著者 村上《むらかみ》しいこ

二〇二一年七月十一日 初版第一刷発行

発行人 飯田昌宏
発行所 株式会社 小学館
〒一〇一-八〇〇一
東京都千代田区一ツ橋二-三-一
電話 編集〇三-三二三〇-五八二七
販売〇三-五二八一-三五五五
印刷所 ―― 大日本印刷株式会社


ISBN978-4-09-407044-6